新装版

野望代議士

豊田行二

祥伝社文庫

目次

一章　料亭『喜《き》久《く》新《しん》』

1

東京の六月の午後六時は、まだ明るい。

赤坂《あかさか》の高級料亭『喜久新《きくしん》』の前で、鳥原十三郎《とりはらじゆうざぶろう》たち八人の県議団が、分乗して来た三台のタクシーから降りたのは、午後六時を二、三分、回った時刻だった。

通行人たちの好奇心を剝《む》き出しにした目に、襟《えり》の県会議員のバッジをわざとひけらかして、鳥原十三郎は先頭を切って、盛塩《もりじお》のしてある玄関をくぐった。

「いらっしゃいませ」

タクシーの停《と》まる音を聞きつけて、素早く上がり框《がまち》に正座をした三人の仲居が、手をついて鳥原たちを迎える。

「長岡《ながおか》先生の……」

鳥原は靴を脱ぎながら、長岡代議士の名前を言った。

「どうぞ、こちらへ」

三人の仲居のひとりが先に立って、二階へ通じる階段を上がった。

鳥原は並べられたスリッパを履《は》いて、仲居に従った。七人の県会議員は我れ先に鳥原を追う。

鳥原は三十八歳、県議は二期目である。

しかし、当選回数の多い先輩議員を尻目《しりめ》に、保守党県議団の幹事長であり、次期県会議長を約束されていた。

八人の一行の中にも、鳥原以上に議員歴の古い者が三人ほどいるが、いずれも、県議のポストを名誉職と考えている者ばかりで、政治の駆《か》け引きにはうとい連中だった。同期がふたり、後輩の一年生議員がふたり。彼らも先輩の三人と似たようなものだった。

鳥原がいなければ、タクシーを拾って赤坂の料亭に来ることなどとても出来ない、田舎者揃いだった。

全員が年齢は鳥原よりも上だった。

「こちらでございます」

鳥原たちが通されたのは、二十畳ほどの大座敷だった。

床の間を中心に、コの字形にゆったりと席が設けられている。

長岡代議士は、まだ到着していなかった。

中央の席を長岡に空《あ》けて、その右隣りに鳥原があぐらをかき、七人の県議は譲《ゆず》り合いながらもそれぞれ席に着いた。

八人はいずれも長岡派の県議だった。

二ヵ月ほど前に行なわれた総選挙では、八人の県議は長岡派の大ボスとして、配下の票を動員し、長岡を当選させたのだった。

その県議たちをねぎらうために、長岡代議士が赤坂の料亭で一席設けたのである。

長岡代議士はある中央の官庁の事務次官から政界に転じて、今回で当選二回になったばかりだった。まだ、五十九歳と若い。

中央では名前は売れていたが、選挙区では馴染《なじ》みの薄い候補者だった。

その長岡を強引に出馬させたのは、総理大臣の鶴のひと声だった。

総理大臣の直接のお声掛かりとあれば、県連も長岡の出馬には反対出来なかった。

県連が長岡の出馬を認めると、真っ先に、長岡の許《もと》に馳《は》せ参じたのが鳥原だった。

それまで、定員四名の選挙区からは保守二名、革新二名の代議士が選出されていて、バランスのとれた安定区だった。それが、長岡の出馬で、一転して、四つの椅子を五人で争う激戦区となったのだ。

保守二名の代議士の身内で冷飯《ひやめし》を食っていた県議は、それまでの親分を捨て、長岡の許に走った。中でも、鳥原は変わり身が早く、長岡の子分になった県議の第一号だった。

県会に最年少で当選した鳥原は、将来は国会の赤絨毯《じゆうたん》を踏みたい、と考えていた。しかし、保守のふたりの代議士の後継者は、既に決まっていて、その下にいる限り、野望を実現出来る可能性は、極めて薄かった。

しかし、五十五歳で代議士に出るという長岡には、後継者はいなかった。長岡が二十年ほど代議士をやって、引退したところで、自分はまだ、五十五歳である。それから代議士になっても充分だった。

そう計算をして長岡の許に走り、現職の代議士の子分の不平分子に声を掛け、県会の中に長岡派を作っていったのだ。

今では、八名という、代議士の派閥の中では最大のものになったが、その最大の功労者は鳥原だった。

総選挙のあとで、子分の県議を政治家がよく使う赤坂の料亭で慰労してほしい、と提案したのも鳥原である。

長岡が赤坂の料亭で慰労の宴を開いてくれると分かると、子分の県議たちは子供のように喜んだ。話には聞いていたが、誰ひとり、政界の奥座敷といわれる赤坂の料亭に足を踏み入れた者はいなかったからだ。

料亭『喜久新』の二階の座敷に、八人の県議が緊張してかしこまっているところに、料亭の女将《おかみ》に案内されて、長岡代議士が現われた。

長岡のうしろには、第一秘書の吉本《よしもと》が従っていた。そのあとからぞろぞろと仲居たちが入って来た。

「やあ、やあ。お待たせしちゃったようだな。選挙のときは、いろいろ、ありがとう」

長岡は笑顔で八人の県議を見回しながら、恰幅《かっぷく》のよい体を中央の席に運んで、どっかりとあぐらをかいた。

「固苦しい挨拶《あいさつ》は抜きにして、すぐに始めよう」

女将に言う。

女将は仲居たちに指図して部屋の隅に運ばせておいたビールの栓を抜かせ、みんなのグラスに注《つ》がせた。

鳥原の音頭《おんど》で乾杯が済むと、第一秘書の吉本が徳利を持って県議たちに酒を注いでまわり、座はたちまち賑《にぎ》やかになった。

芸者が入り、酒の酌《しゃく》をしたあとで、三味線を伴奏に『奴《やっこ》さん』を踊ってみせる。

座は賑やかになったが、乱れなかったのは、県議たちが、いかにも料金の高そうな赤坂の料亭の雰囲気に圧倒されていたからである。

長岡は、一時間ほどで、派閥の会合に顔を出さなければならないから、と先に帰った。

八人の県議たちが、料亭の手配した黒塗りのハイヤーで、料亭の土産《みやげ》の箱入りの煎餅《せんべい》をかかえて、泊まっているホテルに帰って来たのは、午後九時過ぎだった。

みんな高級料亭の雰囲気に満足して、二次会へ行こうと言い出すものは、ひとりもいなかった。

「ああいった料亭の小部屋で派閥のボス同士が話を決めて、日本の政治を運営しているのだろうなあ」

「カネなんかも、ああいう場所でそっと渡されるのだな、きっと」

県議たちは帰りのハイヤーの中で、口々に興奮した口調で喋《しゃべ》り合っていた。

2

議員会館にある東京の長岡事務所では、八人の県議のために、ホテルのツインの部屋を八部屋用意してくれていた。

「相部屋だと、イビキのひどい人と一緒になった先生に、あとで恨《うら》まれると困りますから」

ホテルまで見送って来た吉本はエレベーターで部屋のある階まで上がりながら、そう言った。

廊下をはさんで隣り合った四部屋ずつ八部屋が鳥原たちの部屋だった。

ひとりずつ、自分の部屋の前でみんなと挨拶を交《か》わして中に入る。

吉本は最後に鳥原の部屋に入って来た。

吉本は三十三歳。鳥原派の市会議員の息子で、将来は父の跡《あと》を継ぐつもりでいる。

「本当に、今回は危ない選挙を県議の先生方に助けていただきまして。それも、これも、上に立ってまとめていただいた鳥原先生のおかげでございます」

吉本はあとから部屋に入って来ると、ドアを閉めて、鳥原に最敬礼をした。

長岡が安定区に割り込んだために、激戦区に一変した選挙区では、最初の選挙で保守の現職が落選し、長岡は三位にすべり込んだ。

今回の選挙では、落選した前議員がトップ当選で返り咲いたため、革新の現職がワリを食って落選し、長岡は最下位の四位に、次点にわずか千票あまりの差をつけて、辛《かろ》うじて当選したのである。

「二回目の選挙が一番むずかしいとは聞いていましたが、今回は、まったく肝《きも》を冷やしました。長岡も、いったんは観念したほどですから」

吉本は喋りながら、内ポケットから分厚い封筒を取り出した。茶色の定形外の封筒の、一番小さいヤツである。

「オヤジが、これをアシ代の足《た》しにしてほしい、と申しまして」

鳥原に手渡す。

封筒はずっしりと重かった。

「いくら入ってる?」

「一本です」

「いやに半端《はんぱ》だな。百万だと八人で分けるとひとり頭、十二万五千円ずつになる」

鳥原はむずかしい顔をして、吉本を見た。

「ほかの七人の先生方は十万ずつお渡しいただいて、残りは鳥原先生がご自由にお使いいただいたらいかがでしょう。先生方の取りまとめに、随分、ポケットマネーもお使いになったようですし」

吉本は声をひそめて言った。

「それじゃ、そうしよう」

鳥原は吉本に手伝わせて、部屋にあったホテルの封筒や、外国郵便の封筒に、十万円ずつ詰めさせた。

「それでは、私は、これで」

七枚の封筒に十万円ずつ入れると、吉本は鳥原に頭を下げて、部屋を出て行った。

どんな場合も、カネを渡す場合は、一対一、というのが政界の常識である。

鳥原が県議たちに十万円ずつ配る現場に吉本は居合《いあ》わせてはならないのだ。

鳥原は、七人の県議をひとりずつ部屋に呼んで、長岡先生からの寸志だ、と言って、十万円の入った封筒を手渡した。

上京の旅費とホテル代を差し引いても充分な土産代が出る金額を受け取って、七人の議員は無邪気に喜んだ。誰ひとり、鳥原ひとりが三十万円を懐《ふところ》に入れたのではないか、と推測した者はいなかった。

七人目の県議を送り出し、上着を脱いで、ハンガーに掛けたときだった。

ナイトテーブルの上の電話が鳴った。

ベッドに腰を下ろして受話器を取る。

「鳥原さん？　桑野《くわの》です」

電話をして来たのは、一緒に上京して来た県議の桑野だった。四十八歳と年は鳥原よりも十歳上だが、一年生議員で、県議としては後輩になる。

「長岡先生から思いがけないボーナスを貰ったら、急に、浮気の虫が頭を持ち上げてね」

桑野はどこか照れくさそうに言った。

「田舎の高校を出てから田舎の大学に進んだオレにとっては、東京の女はあこがれの的《まと》なのです。死ぬまでに、一度でいいから東京の女を抱きたい、というのがオレの望みでね。鳥原さん、今夜、何とか、オレの望みを叶《かな》えてくれないか」

桑野は照れてはいたが、田舎者独特の押しつけがましさを剝き出しにして言った。

「いきなり、そう言われてもねえ」

鳥原は当惑した。

「学生時代からの悪友っていうのが東京にはいるのだろう？　あんたはオレたちと違って東京の大学を出ているし。そういったツテを頼っていけば、何とかなるのじゃないかね。金には糸目をつけないからさあ、何とか頼むよ」

桑野は食いさがる。

鳥原は、学生時代の仲間のひとりが、新宿の歌舞伎町《かぶき》でパブをやっているのを思い出した。広田《ひろた》という男だ。

広田に頼めば、何とかなるかもしれないな、と鳥原は思った。

「それほど言うのなら、心当たりを当たってみるよ。一時間ほど、待ってくれないか」

「一時間だね。待つよ」

「ただ、一時間、というのは、心当たりを当たる時間だ。実際に女が来るのはそれよりもっと遅くなるかもしれないよ」

「それで結構だよ。頼りにしてるから、何とか頼むよ」

桑野は弾《はず》んだ声で言う。

「まあ、あまり期待しないで待っててくれ」

鳥原は電話を切ると苦笑した。

県議団が海外視察に出かけると、在外公館の若い書記官や、現地に支店を出している商社員に頼んで、肌の色の違った女をあてがってもらうことがある。

今夜は、その役目を鳥原が桑野から押しつけられたのだ。

桑野は県議の中では、若手の行動派で、貸しを作っておくと、あとで使えそうである。

ひと肌脱いで、将来に備えることにするか……。

鳥原はハンガーに掛けた背広のポケットから、小型の住所録を取り出すと、広田の電話番号を探した。

古ぼけて表紙がボロボロになったポケットサイズの住所録は、鳥原の財産だった。その住所録には、小学校時代から付き合って来た友人たちの住所と電話番号が、細大漏《も》らさず書き込まれている。

鳥原は政治家の条件は、友人知人後援会の名簿を常に整備しておくことと、一回でも会った人の顔と名前を脳裏《のうり》に刻《きざ》み込むことだ、と思っている。住所変更の通知が来る度に、鳥原はこまめに住所録を書き替えてきている。その作業を面倒だと思ったことは、一度もない。

広田とは、卒業以来、毎年、年賀状だけはやりとりしていた。

大学を卒業すると、鳥原は父親が地方の中都市で経営している小さなデパートを手伝うために、郷里に戻った。

その手伝いをしながら、父親の豊富な資金にものを言わせ、県議になったのだ。

現在も、父親が社長の鳩丸《はとまる》デパートの専務取締役である。

妻の光枝《みつえ》は父親の秘書をしていた、ミス鳩丸デパートと言われていた女である。

鳥原は郷里では一度も妻以外の女を抱いたことはない。

女がらみのスキャンダルは命取りになることを知っているので、軽率な行動はとらないように、自分をいましめているのだ。

3

「鳥原君か、久し振りだなあ。県会議員として頑張っているそうだな」

電話口に出た広田はなつかしそうに言った。

広田とは、卒業式のあとで、麻雀のテーブルを囲んで以来、会っていない。かれこれ、十五年振りに交《か》わす会話だった。

受話器には、かなり雑音が聞こえて来た。

皿と皿がぶつかり合う音。いらっしゃいませ、とボーイが叫ぶ声。女の嬌声《きょうせい》……。

「県会議員といっても、有権者の小使いみたいなものだよ」

鳥原は謙遜《けんそん》した。

「そうは言っても、みんなから、先生、先生、と言われてるんだろう。表舞台で活躍している君がうらやましいよ。こっちは、卒業以来、ずっと、水商売だ」

「水商売なら、女には不自由はしていないのだろう。こっちは、常に監視されているからね、女房ひと筋だ。いろんな女を自由につまみ食い出来る君がうらやましいよ」

「まあな。それぐらいだよ、水商売のいいところは。でも、君だって、有権者の前では女房ひと筋だ、と言っていても、上京したりしたときは、羽根を伸ばすのだろう？」

「実は、そのことだ。一緒に上京した県会議員の田舎者に、死ぬまでに一度だけ、東京の女を抱きたい、と泣きつかれてね。思い余って、君に電話をしたのだ」

「東京の女が抱きたければ、ソープランドへ行けばいい」

「それは分かっているが、やはり、襟《えり》のバッジが邪魔になる」

「部屋に呼びたいのか」

「出来れば、そうしたい」

「その県会議員の年は？」

「四十八歳だ」

「それじゃ、若い子がいいな」

「そりゃあ、若いに越したことはない」

「心当たりはないこともない。おこづかいを欲しがっている若い女の子のグループを知っている」

広田は鳥原の泊まっているホテルの部屋番号を尋《たず》ねた。

「二、三十分、待っててくれないか。連絡を取ってみる。女の子はふたりでいいんだな」

「ふたり？」

「君の女はそこにいるのか」

「いや、オレはひとりだ」

「それじゃ、君の分も用意するよ」

「そいつは申し訳ない」

「あとで連絡をする」

広田は電話を切った。

思いがけないことになったな、と鳥原は思った。

桑野だけに女を探してやるつもりが、広田は鳥原にも女をあてがってくれる、と言う。

鳥原は広田の友情に感謝した。

鳥原は、いったん置いた電話を再び取り上げて、自宅の妻と連絡を取った。

留守中の電話、郵便物を確認し、急ぎの用事が持ち込まれなかったかどうか、尋ねる。

「市長さんから、東京から帰られたら、極秘でお目にかかりたい、というお電話がありました。主なものはそれだけです。あとのこまごましたことはこちらで片づけておきました」

光枝は有能な秘書を思わせる口調で答えた。

「市長本人からかね、それとも、秘書からかね」

「市長さん、ご本人からです」

「分かった。これから、一緒に上京した議員たちに東京の町を案内するために出掛ける。

連絡して来ても部屋にはいないからな」

鳥原もわざと事務的に言い、電話を切った。

市長本人が秘書を通さずに電話をして来た、と聞いただけで、だいたいの見当はついた。

帰ったら、市長の自宅に電話を入れよう、と思う。

丁度《ちょうど》、三十分後に広田から、電話がかかった。

「遅くなったけど、今、ロビーにいる」

広田はあたりをはばかるような声を出した。

「ロビーに？」

「女の子は都合がついた。一緒に連れて来た。女の子たちだけで部屋に行かせると目立つので、ぼくも一緒に行こうと思う」

「それはありがたい。待っているよ」

鳥原は電話を切った。

どんな女の子を広田は連れて来たのだろう、と思うと動悸《どうき》が激しくなった。

ここ一年ほどは、妻以外の女に接していない。

約一年前、海外視察旅行という名目で韓国に出掛け、妓生《キーセン》パーティのあとで、自分についた妓生をホテルに呼んで抱いて以来の浮気である。

広田は若くて美人を連れて来てくれたかな、とムシのいいことも考える。

待つほどもなく、ドアチャイムが鳴った。

ドアを開けると、卒業当時の面影《おもかげ》をそのまま残した広田が笑っていた。

広田のうしろに小柄な女の子がふたり、不安そうに立っていた。

「久し振りだなあ。さあ、入ってくれ」

鳥原は握手をしながら広田を迎え入れた。

「少しも変わらないなあ。もっとも、だいぶ、貫禄《かんろく》は出たようだが」

広田は部屋に入り、女の子たちを振り返った。

「君たちも、入りなさい」

ふたりの女の子を部屋に入れる。

ふたりの女の子は部屋に入ると、ソファに体を寄せ合うようにして腰を下ろした。

「すまん。無理を言って」

「なあに、いいよ、いいよ」

頭を下げる鳥原に広田は照れ臭そうに顔の前で手を振った。

「そうだ、紹介をしておこう。チエミちゃんとミツコちゃんだ」

広田はふたりの女の子を紹介した。

ふたりはぴょこんと頭を下げた。

その仕草《しぐさ》があまりにも幼い。

どちらも可愛らしい顔立ちをしているが、ふたりの女の子を見ているうちに、鳥原は不安になった。あまりにも若すぎるからだ。

「君たち、いくつ?」

鳥原は年齢を尋ねた。

「十七歳です」

ふたりの女の子は声を揃え、ためらわずに答えた。

「えーっ」

鳥原は困ったように広田を見た。

「君の県じゃどうなってるか知らないが、ここは東京だ。青少年淫行処罰規定はないよ。ぼくなんか、毎週のように、十五や十八の子と寝ている」

広田はニヤリと笑った。

鳥原はそれを聞いて、いくぶん、安心した。

4

「ところで、女の子が欲しい、と言った議員さんは?」

広田は部屋の中を見まわした。

「ああ、今、呼ぶ」

鳥原は電話に手を伸ばした。

「ちょっと待てよ。鳥原君」

「え？」

「その議員さんの部屋に、君が選んだ残りの子を連れて行こう。そうすれば、君がこの部屋で女の子を抱いたことは、そっちの議員さんには分からないだろう」

「それもそうだな」

鳥原はふたりの女の子を眺めた。

「ぼくは昔から痩《や》せた子が好きだったし、桑野という議員はグラマーが好きだ。だから、痩せている子にここに残ってもらおう」

広田にそう言う。

「さすがに政治家だけあって、決断は早いな」

広田はニヤリとした。

「それじゃ、チエミちゃんはここに残って、ミツコちゃんは、このおじさんの友だちの部屋に行ってくれないか」

広田はふたりの女の子を指差して言った。

「はい」

ミツコは立ち上がった。

「じゃあね」

チエミに手を振る。

「それじゃ、この子をもうひとりの議員さんのところに連れて行ってくれないか」

「その前に、電話しておこう。いきなり行って、部屋に誰かがいたらまずい」

鳥原は桑野の部屋に電話をした。

「これから女の子をそっちへ連れて行くけど、構わないだろうな」

電話口に出た桑野に言う。

「見つかったのか」

「大学時代の友人が見つけてくれた」

「若くて、美人かね」

「ご希望どおりの子だよ」

「いくら払えばいい？」

金に糸目をつけない、と言いながら、土壇場《どたんば》になって桑野は金のことが心配になったらしく、そう尋ねる。

「いくら払えばいいか、と尋ねているけど」

送話口を押さえて、鳥原は広田に聞いた。

「いくら欲しいの？」

広田は女の子たちに尋ねた。

「三万円は欲しいわ」

ミツコが言い、チエミがうなずいた。

「本来は、それに、ぼくが二万円の手数料を乗せるところだが、友だち相手に儲《もう》ける訳にはいかないから、正味三万円でいい。但《ただ》し、二時間ほどで帰してやってくれないか」

広田は言った。

「三万円でいいそうだ。但し、二時間で女は帰してくれ」

鳥原は桑野に言った。

「三万円？　おいおい、まさか、鬼瓦《おにがわら》の大年増《おおどしま》じゃないだろうな」

「今、連れて行くよ。ドアを開けて、アームを外に出して、ノックせずに入れるようにしてくれ」

鳥原は電話を切ると、ミツコをうながしてドアを開けた。

廊下に人影がないのを確かめて、部屋を出る。ミツコは鳥原に続いて廊下に出た。

桑野の部屋は向かい側の一番左のはずれだった。鳥原の部屋からは最も遠くになる。

桑野はアームロックをドアにかませて、鍵が掛からないようにして鳥原を待っていた。

既に、浴衣に着替えていたが、鳥原のうしろから部屋に入って来たミツコを見て、大きく目を見開いて、信じられない、という表情をした。

「十七歳のミツコちゃんだよ。東京都はうちの県条令のような淫行規定はないそうだから、せいぜい、楽しむことだな」

鳥原は、失語症にかかったような顔をしている桑野にミツコを押しつけると、それじゃ、明朝、と言って、ドアを閉め、自分の部屋に帰った。

「さあ、三人で冷蔵庫をカラにしよう。広田とは卒業以来だし、積もる話も山ほどある」

冷蔵庫を開けてビールを出して栓を抜く。

「それじゃ、一杯だけ、いただく。積もる話は、次の機会にしよう。今夜は、ぼくも仕事中だし、あまり、長い間、店を放っておくわけにはいかないのだ。それに、車を運転して来てるのでね」

「すまない。それじゃ、話は今度ということにして」

鳥原は乾杯だけで、広田を帰した。

「さあ、お風呂に入ろうか」

広田が帰って行くと、鳥原はチエミをうながした。

「あの、先におこづかい欲しいのですけど」

チエミは上目《うわめ》づかいに鳥原を見た。

「そうだったな」

鳥原は吉本から貰った封筒の中から、三万円を取り出した。

「はい」

それを手渡す。

「ありがとう」

チエミは三万円を四つに折って、肩から下げていたポシェットにしまった。

「それから、帰りのタクシー代」

鳥原は思い切って一万円を追加した。

「えーっ、タクシー代もくれるの？」

チエミの目が嬉しそうに輝いた。

「だったら、終電がなくなっても平気だから、午前二時ぐらいまで、いてもいいわ」

弾《はず》んだ声で言いながら、ポシェットにその一万円もしまい込む。

「お風呂、どうぞ、お先に」

チエミはそう言った。

鳥原は、それじゃ、と口の中で言い、戸棚のハンガーに背広とズボンを掛けると、浴室のドアを開けっ放しにして、入浴した。

ドアを閉じると、ハンガーに掛けた背広のポケットから、現金を抜き取られそうな気がしたのだ。

そんな事故に遭《あ》っても、十七歳の女の子と淫行をしようとしていた県会議員となると、被害届を出せば、世間から袋叩きに遭うのは鳥原のほうである。

何が起こっても、鳥原のほうが、絶対に不利だった。

鳥原が体を洗って浴室を出ると、チエミはソファに腰を下ろして、テレビを眺めていた。

鳥原が腰にタオルを巻いて出て来ると、入れ替わりにバスルームに入る。

チエミも、しっかりとポシェットを持ったまま、バスルームに入って行った。

鳥原はチエミが入浴している間に、背広のポケットの財布と現金をボストンバッグの中に移した。

これでひと安心、と大きく深呼吸をする。

喉《のど》がしきりに渇いた。

これから、十七歳の少女を抱くのだ、と思うと、興奮して、やたらに喉が渇くのだ。

チエミは十五分ほどして、バスルームから現われた。

一人前に、胸から下にバスタオルを巻きつけている。

鳥原はベッドの毛布をめくって、先に仰向《あおむ》けになった。

チエミがそばにひっそりと体を横たえた。

いきなり、襲いかかってはいけない。何か話をしなければ……。

鳥原はそう思った。

ところが、有権者を前にすると機関銃の弾丸のように、次から次に出て来る言葉が、まったく出て来ないのだ。

鳥原は空咳《からせき》をして、口を開いた。

「十七歳、と言うと、高校生？」

「あ、いいえ、違います」

チエミは小さく首を振った。

5

あまり勉強は好きではなかったし、パーマをかけてはいけない、華美な服装はいけない、盛り場やディスコに出入りしてはいけない、と規則がうるさいのもイヤになって、高校は一年生の一学期で中退した、とチエミは言った。

父親はサラリーマンだったが、大酒飲みで、そのために肝臓をこわして会社をやめて、今は、家でブラブラしている。

母親は夜の商売に出ていて、帰って来るのは、いつも、夜明け近い三時頃なので、それまでに家に帰れば、叱られない。

三人姉妹の一番上で、下には、中学生と小学生の妹がいる……。

そんなことを聞かれるままにチエミは喋った。

そんな話をする割には、チエミに暗さはなかった。

鳥原はチエミの首の下に左腕を差し込んだ。

「それじゃ、しようか」

「はい」

チエミはうなずいた。

しかし、自分で体に巻きつけたバスタオルをはずそうとはしない。

鳥原は胸のところで内側に折り畳《たた》むようにしてあったバスタオルの端をはずした。

先に、自分の腰に巻きつけていたタオルを取り、それから、薄紙《うすがみ》をそっと剝《は》がすように、チエミのバスタオルを開く。

小さいなりに形よくふくらんだ乳房が現われた。

乳首と乳輪はピンク色で、乳房の描く曲線も、どことなく幼い。

乳房に手を這《は》わせ、軽くつかむ。

柔らかい乳房だった。

妻の光枝にはない、不思議な柔らかさを持った乳房だった。

ピンクの乳首は尖《とが》っていたが、先端は鉛筆の先で押したように、小さく窪《くぼ》んでいる。

乳首に舌を這わせると、チエミはピクンと体を震《ふる》わせて、小さく、アッ、と叫んだ。

生意気にも感じているな、と鳥原は思った。

ふたつの乳首に唇と舌で挨拶をすませると、鳥原は体を起こし、チエミの体に巻きついているバスタオルを抜き取った。

ほっそりした、やや、色黒の裸身が現われた。

ウエストはくびれているが、骨盤の張り出し方は、今ひとつ、といった感じである。

太腿にも、まだ、充分に肉はついていない。

体つきは、おとなになりかかった少女、というイメージだった。

チエミは体を隠すことも知らないように、裸を鳥原の目にさらしている。

茂みは頼りないほどちいさな面積に、申し訳程度に生えている。

産毛《うぶげ》を少し濃くした感じで、手ざわりはこれ以上ないほど柔らかい。

どこから見ても十七歳の体だった。

いいのかな、こんな若い子を抱いても……。

鳥原はそう思った。

頭の中ではためらったが、鳥原の欲棒はいきり立っていた。

やるっきゃない！

若いタレントが叫んだ言葉が頭の中で炸裂《さくれつ》した。

鳥原はチエミの両足を開かせた。

薄い茂みの下に亀裂《きれつ》が現われた。

亀裂からは淫唇が団子《だんご》状に盛り上がっている。

十七歳にしては、男の経験は豊富そうである。

鳥原は何となくホッとした。

内腿の柔らかい手ざわりを充分に撫でて楽しむ。

その間も、目は亀裂を注視している。

指で団子状の淫唇を開く。

ピンク色の亀裂が現われた。

亀裂は短い。

亀裂の上部に、一人前に発達した芯芽がコアを剥き出しにして外部を窺《うかが》っていた。

そっと指で押さえると、チエミの体は感電したように、ピクン、と震えた。

蜜液は溢れるほど多くはなかったが、それでもピンク色の亀裂を濡らす程度には出ていた。

通路の入口は、奥へ引っ込んだ感じで、処女膜の損傷の具合は確かめるのが困難だった。

鳥原は亀裂に唇を押し当てて、舌でなぞった。

チエミは女の香気を見事なまでに洗い流していた。

女芯はまったくの無味無臭だった。

女体の持つ生臭さまでも嗅《か》ぎとることは出来ない。

これが愛人なら、少しは匂いを残しておくものだ、と注意するところだな、と女芯に舌を使いながら鳥原は思った。

おとなの女たちは、女の香気をそぎ落とすほど洗ったあとは、オーデコロンか香水で、男の気持ちをそそりにかかる。

しかし、十七歳の女の子には、そんな高度なテクニックを要求するのは無理だった。第一、チエミは口紅すらつけていないのだ。

舌が芯芽を通過するたびに、チエミはピクンと体を弾ませて、あーん、あーん、と声を出した。舌が疲れてくると、鳥原は指の愛撫に切り替えた。

それも、人差指を中指に重ね、一気に通路に挿入したのだ。

チエミはわずかに顔をしかめたが、何も言わなかった。

プロではないな、と鳥原は思った。

プロの女なら、通路に指を入れられたら、怒り出す。

指を入れる前は、十七歳の女の子の通路は狭いもの、と鳥原は思っていた。

それは鳥原の先入観念でしかなかった。

通路は柔らかく、それほど狭くはなかった。

二本の指は、余裕を持って、というほどでもないが、さりとて苦痛に呻《うめ》き声を上げさせるほど無理やりという感じでもなく、通路におさまった。

締めつけてくる感じはない。

鳥原は二本の指を通路に沈めたまま、親指で尖った芯芽を押さえた。

「あーっ……」

驚いたことに十七歳の女体はおとなの女と同じ反応を見せ、ゆっくりと腰をくねらせて、恥骨のふくらみを突き出した。

通路に蜜液が湧き出し、締めつけてくる力が生まれた。

「あーん、あーん……」

チエミは目を閉じて、意識的にか無意識でか、単調な声を出す。

鳥原はその声を聞いていると、ひとつになりたくなった。

指を引き抜き、チエミの両足の間に膝をつき、いきり立った欲棒を女芯にあてがって、体を重ねる。

なめらかに、欲棒は十七歳の通路に迎え入れられた。

まだ、クライマックスは味わったことがないらしく、チエミは鳥原の胸の下で息をひそめている。

チエミの女体は覆《おお》いかぶさってみると、薄い感じがした。

恥骨だけが、鳥原の体を押し返してくる。

鳥原はチエミを抱きしめ、乱暴に出没運動を行なって、男のリキッドを女体の奥深くに放って果てた。

6

鳥原が体を離すと、チエミはすぐに起き上がってバスルームに入って行った。

すぐに、シャワーを浴びる音が、聞こえはじめた。

鳥原はバスタブの中でチエミがしゃがんでシャワーの水流を女芯に当てて、鳥原が噴射した男のリキッドを洗い流している光景を想像した。

スキンはしなかったけど、妊娠は大丈夫なのだろうか、と思う。

無味無臭の女芯は、チエミがいかがわしい病気にかかっていないことを証明していた。

チエミはバスタオルで股間を拭きながら、バスルームから現われた。

再び、鳥原のそばに体を横たえる。

鳥原を見て、白い歯を見せ、男のリキッドを吐き出して力を失った欲棒をつかんでくる。

柔らかくなった欲棒をチエミはゆっくりとしごきはじめた。

どうやら、鳥原が二回目をするものと、思っているらしい。

たて続けに出来ないことはないが、そうまで無理をすることはないだろうと鳥原は思った。

「年に何回か上京するのだけど、チエミちゃんに連絡するには、どうすればいい？　また、会いたいんだ」

鳥原は乳首を指先でつまんで尋ねた。

「それじゃ、自宅の電話番号を書いておくわ」

チエミは欲棒から手を離し、くるりと背中を向けて、ナイトテーブルの上のメモ用紙にボールペンで電話番号を書いた。

うしろ向きになったチエミの体には贅肉《ぜいにく》も丸みもまるでなく、ヒップは少年のように小さく尖っていた。

「もしも、男の声が出たら、お父さんだからすぐに切ってね」

そう言ってメモ用紙を鳥原に手渡す。

「分かったよ」

「それから、チエミちゃんを、と言って、そんな人、いません、と言ったら妹だから、それも切って。わたし、本当はチエミという名前じゃないから」

「大体、何時ごろなら電話に出てくれる確率は高いのかね」

「四時か五時ね」

「それじゃ、なるべく、その時間に電話するよ」

鳥原はチエミを抱き寄せた。

無理をしてまで二回もすることはないだろう、という考えを撤回して、とことん楽しむことにしたのだ。

チエミは鳥原の欲棒を握って、しごきはじめた。

「ナメてくれないか」

鳥原は注文した。

「それ、しないことにしてるの」

チエミは首を振った。

鳥原は無理強《じ》いはしなかった。

くわえたり、ナメたりしてくれないのであれば、自分の回復を待つしかない。

鳥原はチエミに欲棒をしごいてもらいながら、幼さの残る女体を撫でまわした。

ようやく、欲棒が回復のきざしを見せはじめたとき、ドアチャイムが鳴った。

チエミはピクンと体を震わせ、不安そうに鳥原を見た。

「見てくるから、君はバスルームに入っててくれ」

鳥原は小声でいい、ベッドを降りて、腰にタオルを巻きつけた。

チエミは小走りにバスルームに入り、ドアを閉める。

ドアスコープから覗くと、身仕度をしたミツコが立っていた。

鳥原はドアを開けた。

首を伸ばして廊下の左右を見る。

廊下には、ほかに人影はなかった。

「入っていい？」

ミツコは小声で言った。

「どうぞ」

鳥原はミツコを中に入れた。

「チエミは？」

「いるよ」

鳥原はバスルームのドアを開いた。

チエミは裸でバスタブの縁《ふち》に腰を下ろしていた。

「ミツコちゃんだ」

「あら、そうだったの」

チエミはバスルームから出て来て、ベッドに上がった。

「ねえ、一緒に帰ろう」

ミツコはソファに腰を下ろして、タバコに火をつけた。

「それはいいけど……」

チエミは困ったように鳥原を見た。

「やるんだったら待ってるから」

ミツコはタバコの煙を吐き出した。

「ここにいてもいいでしょう、おじさん」

鳥原に言う。

「だったら、桑野ともう一回やって来いよ」

「わたし、あの人、キライ。ねえ。邪魔しないから、ここにいさせて。静かにしてるから」

甘えた声で言う。

「それじゃ、見物してていいよ」

鳥原はベッドに仰向けになった。

チエミは体を起こして、柔らかくなった欲棒をしごき始める。

選挙の演説会などで、鳥原は人に見られるのは馴《な》れているが、誰かの前で女を抱くのは初めてだった。

見物人がいるときは欲棒が用をなさないのではないか、と思う。

しかし、予想ははずれ、欲棒は見事にいきり立った。

「今度はチエミちゃんに上になってもらおうか」

鳥原はチエミをうながした。

「うん」

チエミはミツコが眺めていることに抵抗を感じるふうもなく、鳥原をまたいで、欲棒の上にゆっくりと腰を下ろした。

入口の狭い部分を通過すると、欲棒は一気に通路に進入した。

ミツコはソファでタバコをふかしながら、チエミの中に沈んでいく欲棒をじっと見つめていた。

ミツコに見られていることで、鳥原はこれまでにない強い快感を感じていた。

鳥原は上になったチエミのウエストを両手でつかむと、上下運動をさせながら、自分でも激しく腰を突き上げた。

二度目であるにもかかわらず、鳥原は強い興奮のために、たちまち爆発点に到達し、チエミの中に男のリキッドを噴射した。

鳥原の噴射のリズムがおさまると、チエミは結合を解いた。

鳥原が放った男のリキッドをこぼさないように、女芯を手で押さえて小走りにバスルームに走る。

やがて、バスルームからシャワーを使う音が聞こえてきた。

まもなくシャワーキャップをかぶったチエミが姿を見せた。

「もっとします？」

股間をバスタオルでぬぐいながら鳥原に聞く。

「いや、もういいよ」

鳥原は苦笑した。

「それじゃ、わたし帰っていいかしら」

「ああ、いいよ」

鳥原はうなずいた。

チエミは脱いでいた下着をつけ、上着を着ると、最後にスカートを穿《は》いた。

「それじゃね。今度来たときに電話してね」

そう言って鳥原に手を振りながらミツコと一緒に部屋を出て行く。

鳥原は久し振りにたて続けに二回戦を行なったために、快《こころよ》い疲れを覚えてそのまま眠ってしまった。

二章　手土産《てみやげ》

1

鳥原が地盤にしている選挙区の北原《きたはら》市の県議の定員は十人である。

保守が六人、革新が四人の割合で県議を出している。

その北原市の市長の坂野《さかの》は、長岡代議士と対立関係にある嵐山攻太郎《あらしやまこうたろう》代議士派である。

しかし、市長が特定の代議士の応援をすると、いろいろと市政に支障が生じるために、坂野市長は助役の中村《なかむら》を長岡の後援会には差し出しているのである。

つまり中村助役は坂野の身代わりとして長岡後援会に名前を連ねているのである。

もう一人の保守党の代議士升田《ますだ》の後援会には出納《すいとう》長の浜井《はまい》が名前を連ねている。

そうやって坂野市長は、嵐山、升田、そして長岡の三代議士の後援会と巧みにバランスを取ってきているのである。

ただ、坂野自身は、嵐山と大学が同級生ということもあって、きわめて親しい。

その坂野市長が極秘に連絡を取ってくれと鳥原の留守宅に言ってきていたのである。

鳥原は、あのことだなと、だいたいの見当がついていた。

以前、鳥原は嵐山派の県会議員であった。長岡が代議士に立候補するときに長岡派に変わったのだが、もともとは嵐山派である。

嵐山攻太郎代議士は六十六歳。

長男の次郎《じろう》にそろそろあとを譲ることを考えている。

それが分かったので鳥原は、嵐山に見切りをつけたのだ。

鳥原の最終目的は代議士になり、大臣のポストに就《つ》くことである。

どうあがいても、政治を世襲させようとしている嵐山についていたのでは、代議士になれないと見たからである。

そんな鳥原に坂野市長は、嵐山のところに戻るようにと、折りにふれ働きかけていた。

次の選挙で嵐山は落選確実だと言われているほど後援会組織は弱体化していた。

嵐山の高齢化に加え、後援会も高齢化してきていた。

新鮮な若い長岡に比べると、嵐山は峠を越した代議士で、名前だけでどうにか政治家をやっているような感じだった。

地元にも、ほとんど帰らない。地元に帰るとそのたびに金がかかるからだ。

国会報告会にしても、タダでは開けない。

鳥原は東京から帰った直後に、坂野市長の自宅に電話を入れた。

「鳥原です」

そう言うと、電話口に出た市長夫人は、すぐに坂野と電話を代わった。

「ああ、鳥原さんですか。坂野です」

坂野は愛想がよかった。

「何ですか、極秘のご用というのは」

鳥原は尋ねた。

「実はですね、ちょっと電話ではあれなんで、これからこちらへお越し願えるとありがたいんですがね」

「これからですか。今、東京から帰ったばかりでちょっと疲れてるんですけど、まあいいでしょ。三十分後にうかがいましょう」

鳥原はそう言って電話を切った。

「ちょっと市長のところに行って来る」

妻にそう言って、自分で車を運転して坂野市長の自宅に向かう。

北原市にはタクシーもあるが、タクシーを使うと目立ってしまう。

鳥原は坂野市長の三軒隣りの家の前に車を停《と》めると、裏口から坂野の家に入って行った。

嵐山派の県議だった頃から、坂野市長の家には何回も行っている。

勝手口からの入り方も心得ていた。

「あら」

勝手口で休んでいた市長夫人は、ひょっこり入って来た鳥原を見て目を丸くした。

「こちらから入られなくても、表からどうぞ」

「目立ちたくなかったものですから、こちらから失礼します」

鳥原はそう言うと、上に上がった。

台所を通り抜けて、応接室に向かう。

「あなた、鳥原先生がいらっしゃいましたよ」

市長夫人は奥の座敷に声を掛けた。

「すぐに行く」

坂野市長が返事をする。

鳥原は応接室に入ると、ソファに腰を下ろして坂野が来るのを待った。

「いや、お呼び立てして申し訳ない」

坂野はそう言いながら応接室に入って来た。

恰幅《かっぷく》のよい体をソファに沈める。

血色も非常にいい。嵐山代議士と同じ年だが、坂野のほうが五、六歳若く見える。

「何ですか、いったい」

鳥原は坂野を見た。

「いやあ、実はですね。嵐山先生のところなんですけど、嵐山先生の後継者の次郎君がまずいことをやっちゃったんですよ」

「まずいこと、って言いますと——」

「ここだけの話ですがね」

坂野は体を乗り出した。

鳥原も体を乗り出す。

「嵐山先生の後援会の婦人部の幹部の娘さんを強姦してしまったんですな」

「ほう」

鳥原は目を光らせた。

初めて耳にする話である。

「次郎君本人は幹部の娘さんとは知らなかったらしいんですが、遊び仲間と三人でドライブの途中、たまたま通りかかったその娘さんを車に乗せて、山の中に連れて行きまして、そこでやっちゃったんです。ところがその娘さんは次郎君のことを、嵐山先生の息子だと知ってましたので、父親に嵐山先生の息子にやられた、と言ったのですね。それでそこの親父さんが嵐山さんのところに怒鳴り込んだわけですよ」

「ほう、それは困ったことをしたもんですね」

「政治家にとって女性のスキャンダルは致命的ですからね。次郎が困ったことをしてくれたと、嵐山先生も頭をかかえているわけですよ」

「どうせ揉《も》み消したんでしょ」

「いや、それが、揉み消しが効《き》かなくなりそうなんです。ここ一週間以内に告訴すると、その娘さんの親は言ってるんですよ」

「おだやかにまとめることは出来なかったんですか」

「何しろ一人娘でしてね。その一人娘が結婚出来ないような体にされたといって、親父さんは決して許さないと言ってるんです。どうせ自分もこの土地にはいられないから、ここを出て行くけど、そうすれば嵐山さんの後援会にいる必要もないし、訴訟を起こして出て行くと、そう言ってるんですよ」

「それじゃ、もう次郎君が嵐山先生の後継者になる目はなくなりましたね」

「ええ、そうなんですよ。それで、まあ、ものは相談だけど、あなたにですな、帰って来てほしい、と嵐山さんはそう言ってるんですよ。自分はせいぜいあと一期やれば引退する、そしてあなたにバトンタッチをしよう、そう言ってるんです。任期いっぱいやったとしてあと残りが三年とちょっと、それから一期ですから七年ちょっと、嵐山先生も七十三歳をすぎてしまいますよ。あなたのほうは今三十八ですから、四十五歳、男の働き盛りですな。それで代議士になって、二十年おやりになっても六十五、今の嵐山先生よりも若いですよ。嵐山先生も自分では直接あなたに話がしにくいというので、わたしに間に立ってほしいと、こういうことでしてね」

坂野市長はそう言った。

だ。

2

鳥原は長岡陣営の県議の中心人物である。

その鳥原を引き抜いてしまえば、長岡陣営はガタガタになってしまう。

その半面、次の選挙では落選確実と見られている嵐山は、息を吹き返すことになるのだ。

そのためには何としてでも鳥原が欲しい、というのが嵐山の本音だろう。

そのことは鳥原にもよく分かっていた。

「結果として長岡先生を裏切る話ですから、慎重に考えたいと思います」

鳥原は即答を避けた。

「もしも、嵐山派に戻らない、と結論を出されたときは、この話はなかったことにしてください。わたしは、実力のあるあなたが一日も早く中央政界に出られれば、と思って引き受けたのですから」

坂野は鳥原に口止めすることを忘れなかった。そのあたりはベテラン政治家である。

自宅に帰って来ると、鳥原は自分の部屋にこもって考え込んだ。

嵐山のところに戻って、嵐山の引退を待ち、地盤を譲り受けて選挙に出る。

そうすれば、確かに四十代で鳥原は代議士になれるかもしれない。

いくら地盤を引き継いでも、必ず代議士になれると決まっていないのが後継者である。後継者が血のつながった子供である場合は、代議士の地盤をそっくりそのまま譲渡されるが、血がつながっていない場合は、大部分ではあってもそっくりそのままというわけにはいかない。

そのあたりが難しいところである。

しかも、嵐山のところに戻れば、長岡代議士とは敵対関係になる。

黙って長岡代議士の引退を待てば、五十代で鳥原は代議士になれる。

遅咲きの桜だが、代議士になれるのは間違いない。

ただ、それまでに鳥原が健康を害したりするようなことがあれば、代議士になることは出来ない。これから二十年近く、自分の健康に留意して精進《しょうじん》をし、順番を待てば代議士になれるのだ。

しかし、一寸《いっすん》先が闇と言われる政界で、この先二十年間、何も変化が起きないということはまずありえないことである。

長岡代議士の後援者の中に、若い優秀な人材が現われるかもしれない。

その場合に、長岡は五十代の鳥原より、生きのいい三十代なり四十代なりの、新しい若い人材を後継者に指名することもありうる。

そうなれば、いくら体を鍛えて二十年長岡に尽くしてみても、その努力は水泡《すいほう》に帰してしまうのである。

鳥原が長岡に従って次の総選挙を戦えば、嵐山は落選し、二度と浮かび上がることはないだろう。

嵐山を叩きつぶして、長岡に安泰な選挙区をプレゼントすることになる。

嵐山は今度落選させてしまえば、年齢からみて二度とカムバックは出来ないのである。

当然、長岡は喜び、鳥原に感謝するだろう。

しかし、選挙区が安定区になれば、引退は更《さら》に先になる可能性も出てくる。

つまり、鳥原の出る目はそれだけなくなるのだ。

しかし、嵐山を助け、当選させれば、鳥原のデビューは早まることになる。鳥原のデビューの選挙は、長岡や升田の現職を相手にした、大変苦しい選挙になることは間違いない。

ひょっとしてスタートで鳥原はその芽を摘《つ》まれてしまうかもしれない。

どうしたものか……。

鳥原の心は揺れた。

結論は容易に出なかった。

3

「嵐山先生のとこの次郎君が、後援者の一人娘を強姦したという話は聞いているかね」

鳥原はその夜、寝室に入ると寝間着に着替えながら妻に聞いた。

「そういう噂は聞いております。でもそれで嵐山さんとこが壊滅《かいめつ》状態になれば、長岡先生は安泰なんでしょ」

妻は鳥原を見た。

「そうなんだがね。嵐山先生がこれで落選してしまうと、保守の議席が一つ減ってしまうことになる。それでは保守党のためには喜ばしいことではないんだ」

「そういう考え方もありますわね」

「実はね」

鳥原はひと呼吸置いて言った。

「坂野市長の話は、嵐山先生のところに戻らないかということだった」

「また、嵐山派に戻るんですか」

「いや、そう決めたわけじゃない。ただ、嵐山先生の後継者になるはずだった次郎君が、そういうスキャンダルを起こしたとすれば、後継者としては致命傷だ。となると、嵐山派の票の行き場がなくなってしまう。そこで、あと一回嵐山さんを当選させたら、引退してもらって、地盤を譲り受けて、今度はおれに出てはどうかと言うんだな」

「嵐山先生、簡単に地盤を譲ってくださるかしら」

「まあ、そこはこれからのおれの腕次第ということになるんだろうけどな」

「でも、長岡先生を裏切ることになるのでしょ」

「まあ、そういうことになる。裏切りなんていうのは、政治の世界では日常茶飯事《さはんじ》だ。すべては結果なんだよ。結果よければすべてよし、これなんだな。どっちへつくか、おれも考えどころなんだよ」

鳥原は妻を見た。

「お前はどっちがいい、このまま長岡先生についていくのがいいか、それとも戻って嵐山さんを助けて後継者のポストをつかむのがいいか。どちらがいいと思う？」

鳥原は尋ねた。

「わたしは女ですから」

妻は首を振った。

「女だからどうだと言うんだ」

「どちらとも言えませんわ。あなたのお心次第ですね。どっちの道をお選びになろうと、わたしは黙って従《つ》いていくだけです」

妻はそう言った。

「人生の岐路に立たされたなあ、おれも」

鳥原はベッドに仰向けになって天井を睨《にら》んだ。

「いろんな人の意見を聞いてみたほうがよさそうだな」

そうつぶやく。

妻は何も返事をしなかった。

4

数日後、嵐山の長男の次郎は、強姦容疑で告発された。

ほかの二人の悪友と一緒にである。

世間は驚いた。

これで嵐山の政治生命は絶《た》たれたも同様だ、そう見るものが多かった。

もちろん次郎が嵐山の後継者になる目は完全につぶれてしまった、というのが大方の見方である。

嵐山はコメントを発表し、次郎は政治家にはしない、一生かかってもこの償《つぐな》いをさせる、そう言った。

その嵐山のコメントが発表された日のことである。

「あなたお電話ですよ」

妻が、書斎にいた鳥原を呼びに来た。

「誰だ」

「坂野市長さんです」

「よし、出よう」

鳥原は電話に出た。

「ああ、坂野です。今、上京して議員会館の嵐山先生のところにいるのですがね。いかがです、この間の話。そろそろ肚《はら》を決めていただけましたか」

坂野は言う。

「まだちょっと迷っているんですよ、正直なところ」

鳥原はそう言った。

「どうか嵐山先生を助けてあげてください。彼とは長い付き合いだけど、これほど落ち込んでいる彼を見たことがないんで、友人としてそばで見てて居たたまれないんですよ」

「あとしばらく考えさせてください。肚が決まりましたらお電話します」

「そうですか、いいお返事を待ってますよ」

坂野はそう言って電話を切った。

嵐山派の県会議員は現在五名である。

しかし、いずれも高齢者が多く、鳥原より若い県会議員は一人もいなかった。

つまり嵐山派県会議員の中には、嵐山の後継者になる人物は一人もいなかったのである。

「おれが出る」

鳥原がそう言っても反対をするものは一人もいないはずである。

「しかし、嵐山派に戻るとすると手土産《てみやげ》が要《い》るな」

鳥原はそう思った。

手土産は桑野県議が一番だな……。

鳥原は、東京で若い女を抱かせてやった桑野の顔を思い浮かべた。

現在、長岡派は県会議員は八人。三人の保守系代議士の県会議員の中では最大派閥である。

その長岡派から鳥原が出て、嵐山派に移ったとしても嵐山派は五人の県会議員が六人になるだけである。

長岡派は一人抜けてもまだ七人。最大の数を誇ることには変わりない。

しかし、鳥原が手土産に桑野を連れて嵐山派に移れば、形勢は一変する。

長岡派は県議の数が八人から六人になり、一方の嵐山派は五人から二人増えて七人になる。数は逆転し、嵐山派が一番多い県会議員を擁《よう》することになる。

嵐山派に戻るのであれば、単に戻るのではなくて手土産をぶら下げて戻り、嵐山にしっかりと恩を売っておかなければならない。

その売る恩が大きければ大きいほど、鳥原の、嵐山の後継者の地位をより確実にすることが出来るのである。

桑野なら、一緒に嵐山派に行ってくれと言えば、いやとは言わないだろう。

鳥原はそう思った。

桑野を連れて嵐山派に復帰するのなら、いいな……。

鳥原はそう思った。

それにはまず桑野の気持ちを確かめてみる必要がある。

鳥原は桑野に電話をした。

「鳥原だが。どうだろう、今日あたり一杯やらないか」

鳥原は言った。

「一杯？　いったい何の用事だね」

桑野は言う。

「まあ、いいからいいから。この間の東京の話でもしながら一杯やらないか」

「東京の話か、ウヒヒヒヒ。それもいいだろうな」

桑野はすぐに乗ってきた。

「それじゃ、場所は改めて連絡するよ」

鳥原はいったん電話を切って市内の料亭を予約した。

改めて桑野に電話をする。

料亭の名前を告げる。

「なかなかいいところじゃないか。何かいい話でもありそうだな」

「まあ、そいつは会ってからのお楽しみにしよう」

鳥原はそう言った。

5

その夜、鳥原は桑野と市内の料亭で落ち合った。

奥の四畳半を借り切って、二人だけで酒を汲み交わす。

「何の魂胆《こんたん》があっておれを呼び出したんだね」

桑野は言った。

「いや、実は、嵐山さんのことだよ」

「あ、あそこも大変だな。長男の次郎っていうドスケベエが若い女を強姦したんだって？」

桑野は自分のことを棚に上げてそう言った。

「まあまあ、そう悪く言うもんじゃないよ。おれたちだって、あまり人に威張れるようなことしてるわけじゃないんだから。東京で。そうだろ？」

「それはそうだけど、まあ東京のことは言いっこなしにしようよ」

桑野はニタニタした。

「その嵐山さんだけど、今回の次郎君のことでずいぶん困っておいでのようだな」

「これでもう嵐山さんも終わりじゃないかな。もうお年だし。今度のことが打撃になって、次の選挙では落選、そして嵐山派は分解さ」

「まあ簡単にそう言うけど、嵐山さんが次の選挙で落選をするというのはだな、大きい目で見れば保守党にとっては損失なんだよ。一議席が確実になくなっちゃうのだからな」

「そう言えばそうだけど、しかし地元の、特に長岡派のおれたちにとっちゃ、あんな目の上のたんこぶはなくなってくれたほうがいいんだ。おれはそう思ってるよ」

「それもそうかもしれない。ただ、もしここでだ、嵐山さんのところへおれが一緒に行かないかと言ったらどうする」

さらり、と鳥原は言った。

「ええっ、嵐山さんのとこへ？　あんた戻る気があるの？」

桑野は飲みかけた盃を持ったまま、目を剝《む》いた。

「だからさ、保守党の議席が一つ減るということを考えると、まあ長岡さんのところは安泰だ、嵐山さんのとこはこのままじゃ次は落選だ、そういうことを考えると、保守党のために一肌脱いでみたい、そういう気もするんだ。実はね、この間上京したときだが、嵐山さんのボスの幹事長の牧村《まきむら》さんに会ったんだな。そしたら、君は確か嵐山くんと同じ選挙区だったな、次は彼を頼むよ、わが党のために、と、そう言われたんだ。わが党のためにって言われるとこっちも弱くてね。はあ、と言葉を濁《にご》して帰って来たんだが、次郎君の強姦事件が表に出てみると、やっぱり何だか嵐山さんが気の毒になってきてね」

「しかし嵐山さんのところへ行ったところで、おれにはあまりいいことはなさそうだな」

「そんなことはないよ。選挙前の陣中見舞いなんか、おれが嵐山さんに言って、長岡さんの倍は出させるよ」

「ほお、そういうことがあるとなると考えてみる必要があるな」

「それにだよ、おれと一緒に上京するチャンスも増えるというもんだ。上京すれば、な、いいこともあるぜ」

鳥原は、若い女の肌を思い出させるようなことを言った。

「うーん、まあ、あんたについてりゃ面白《おもしろ》いことが沢山あるし、まかり間違っても悪くはならないからな」

桑野は言う。

「もし、おれが一緒に嵐山さんのところに行こうと言ったら、行ってくれるか」

鳥原は桑野を見た。

「ああ、いいよ」

桑野はあっさりうなずいた。

「しかし、おれもまだ嵐山さんのとこへ戻ると決めたわけじゃないんだ。いくら党のためと思っても、やはり嵐山さん本人がどれだけおれたちを大事にしてくれるか、それが分からないとうかつに動けないよ」

「それはそうだ」

「だからきょうの話はここだけのことにしておいてくれ。絶対誰にも言わないでくれよ」

「わかった。誰にも言わないよ。これでもおれも政治家のはしくれだからな」

桑野はにやりと笑った。

これで手土産は出来た。

鳥原はそう思った。

「さあ、ジャンジャン飲もうぜ。それにしても、どうだった、東京の子。また抱きたいと思わないか」

「いや、もうその話はよしてくれ。この選挙区でそんな話が出たら手錠ものだぜ。なにしろあの子、十七歳だって言ったからな」

「でも、やることはちゃんとやったんだろ」

「うん、やることはやった。しかし、どうもねえ、やっぱりおれは、熟《う》れきった、三十代の女のほうがいいよ」

桑野は酒に酔った濁《にご》った目で鳥原を見ながら、にやりと笑った。

6

鳥原は桑野を手土産にすることを決めたものの、やはり気の許せる仲間の意見も聞いてみたかった。

鳥原は後援会の幹部で、小学校、中学校、高等学校と同期生だった室田《むろた》という男に相談をしてみた。

室田は室田建材という店をやっている。

「上を狙《ねら》うんだったらあまり長く県会議員をやらないほうがいいんじゃないかな。せいぜい県会は二期か三期だな。あまり長いこと県会議員をやってしまうと、県会議員根性というのか、何かそれがしみついちゃって大きくなれないいんじゃないか」

室田はそう言った。

室田の言うことは確かに正論である。

県会議員から代議士になった連中の多くは、せいぜい二期か三期止まりで国会に駒《こま》を進めている。

それ以上長くやってしまうと、どうしても代議士になろうという気が消えてしまったりしてうまくいかない。

国政を扱う者は、やはり県議はほどほどにして、政治の基礎を学んだあたりで代議士に打って出るほうがいい。

「そうか、じゃ、嵐山さんのとこに戻って後継者のポストをつかむというほうに賛成なんだな」

鳥原は室田に言った。

「おれはそのほうがいいと思う。このまま長岡さんのところにあと何年もついていても、政治というのは毎日のように変わってしまうからな。今日は東を向いていた風が明日は西を向いて吹く。それが政治なんだろ。そんなところで遠い将来のことを考えてみても、なかなか思ったとおりにはいかない。それよりも身近なチャンスをパッとつかんでのし上がっていく、政治家というのはそういうもんじゃないかな」

室田は言う。

「そうだな、確かにお前の言うとおりだ。よし、おれは嵐山さんのところに戻る」

鳥原は室田と話をして肚を決めた。

嵐山攻太郎のところに戻ると決めたことは、長岡には話さないことにした。

長岡に、嵐山のところに戻ります、と言えば、引き止められることは目に見えている。

金やポスト、あらゆるものを鳥原の前にぶら下げて長岡は引き止めにかかるだろう。

しかし引き止められたとしても、長岡は以前のように鳥原に心を開いてくれないだろう。

嵐山のところに戻ると決めたら、長岡代議士には断わることなくさっさと戻ってしまえばいいのだ。

鳥原は室田と別れると自宅に帰り、坂野市長の自宅に電話を入れた。

電話口には市長夫人が出た。

「鳥原です。市長さんは――」

「ああ、まだ市役所にいますわよ。そちらに電話させましょうか」

「お願いします」

鳥原は電話を切った。

ほんの二、三分で坂野から電話が入った。

「電話をもらったそうですけど」

坂野は言う。

「はい」

「この間の件ですか」

「そうです」

「決めてくれましたか？」

「はい」

「それじゃ、嵐山を助けてくれるのですね」

「そういたします」

「いやあ、よかったよ。さっそく嵐山に伝えます。嵐山もどんなに喜ぶことか」

坂野の声が弾《はず》んだ。

「それにつきまして――」

「何か」

「実は、県議仲間の桑野県議ですが――」

「うんうん、桑野さんね」

「彼を連れて嵐山先生のところに戻ろうと思います」

「ほう、それはますますありがたい」

鳥原には坂野の笑顔が見えるようだった。

「長岡派の県会議員が二人嵐山派に来てくれるとは、嵐山派は最大の県会議員を誇ることになる」

「わたしもそう思いまして。せっかく戻るのですから何か嵐山先生にプラスになることもしなければと思いまして」

「いや、ありがとう。これは嵐山先生も大喜びなさるだろう。彼もこのところ次郎君の不《ふ》祥事《しょうじ》で落ち込んでいるからね。これは朗報だ。さっそく嵐山君に知らせて、どこかで一席持つことにしよう」

坂野はそう言った。

昔からの嵐山の友人の坂野は、嵐山を時には先生と言ったり、時には君づけをしたり、あるいは呼び捨てにしたりと呼び方がころころと変わる。

そんなところにも坂野と嵐山の親密さが感じられた。

一時間ほどたったときだった。

「こういう方がお見えですが」

妻が名刺を持って座敷にいた鳥原のところにやって来た。

名刺には『嵐山攻太郎秘書、丸山昭治《まるやましょうじ》』と印刷してあった。

嵐山の地元秘書である。

「うん、応接間に通しておきなさい」

鳥原はそう言った。

妻が丸山を応接間に通した頃を見計《みはか》らって、ゆっくりと腰を上げ応接間に向かう。

応接間で丸山は体を硬《かた》くしてソファに腰を下ろしていた。

「先生、お久し振りでございます」

丸山は頭を下げた。

「坂野市長さんからお聞きしました。嵐山派へ帰っていただける、そううかがいましたので、取るものも取りあえずすっ飛んでまいりました。ありがとうございます」

丸山は深々と頭を下げてそう言った。

鳥原が嵐山派から長岡代議士のところへ行ったとき、丸山はずいぶん鳥原を引き止めたものである。

「嵐山先生は若手の県会議員を大切にしてくれない。大事にするのは年寄りの県会議員ばかりだ。これじゃついていっても仕方がない」

鳥原はそう言って、振り切るようにして嵐山派を飛び出したのだ。

「このたびは次郎さんがとんだことを引き起こして、嵐山先生もがっくりなさっているんですよ」

丸山はそう言った。

「鳥原先生が嵐山のところを飛び出されたのは、次郎さんを後継者にする、そう嵐山先生が公言されたからではないかと私は睨《にら》んでおりました。ですから次郎さんの後継者の目が消えたときから、坂野市長さんにお願いして、ぜひ鳥原さんに帰っていただいて、嵐山派を再建していただきたい、そう申し上げていたのです」

丸山はそう言う。

「君だったのか、熱心に市長を口説いていたのは」

「はい。嵐山派にとって、今、一番必要なのは鳥原先生です。鳥原先生は、嵐山派に必要なだけでなく、私にとっても必要な方ですから」

丸山はそう言った。

丸山はまだ二十七歳である。

嵐山が政界を引退しても、まだまだ一緒に引退する年ではない。

つまり、丸山は嵐山攻太郎の後継者に拾ってもらい、使ってもらわなければならない立場なのである。

そのためにも丸山は嵐山の後継者に取り入って、気に入ってもらわなければならないのだ。

「今度は桑野先生もご一緒に連れて来ていただけるとか」

「そうなんだ。いい手土産だろ」

鳥原は胸を張った。

「いや、もう大変な手土産でございますよ。先ほども東京の嵐山と電話で話をしたんですが、嵐山はずいぶん喜んでおりました。ぜひ近いうちに上京してほしい、そう申しておりました」

丸山はそう言いながら、何度も頭を下げた。

「そうかね。まあ、ぼくも嵐山派に戻ることになれば、先生にご挨拶にうかがわなければと思っていたのだ」

「それではさっそく上京の手筈《てはず》を調《ととの》えます。切符その他はこちらで用意いたしますから、ぜひ上京して嵐山を元気づけてやってくださいませんか」

丸山はそう言う。

「それじゃ、君にまかせるよ」

鳥原はそう言った。

すでにすっかり嵐山派の一員になったような気分だった。

「ぼく一人で上京するのもあれだから、一緒に嵐山派に入るという桑野くんも連れて行きたいがどうだろ」

「わかりました。じゃ桑野さんも一緒に上京されるということで、こちらで切符などの手配をいたします」

「じゃ、そのように頼むよ」

鳥原はうなずいた。

7

「一緒に東京に行かないか」

鳥原にそう言われて桑野はにやりと笑った。

「また柔らかいあれがあるのかね」

桑野はそう言う。

「桑野さんは弁慶《べんけい》と同じでアレは一生涯に一回でいいと言ったんじゃなかったのか」

鳥原は空とぼけた。

「まあ、それは一生涯に一回と言ったけど、二回あっても三回あっても悪いもんじゃない。どうせおこづかいもいただけるんだろ」

桑野は図々《ずうずう》しく言う。

「それはこづかいくらい出させるよ」

「それじゃ、やっぱり宿で、な」

桑野は両手を合わせた。

「また淫行をする気かね」

「いや、だめだよ、淫行は。今度は三十代の脂《あぶら》の乗った女がいい」

桑野は首を振った。

「どうもションベンくさいのはオレの好みじゃない」

「そんな無茶を言ったって、おれの友人がはたしてそういった女にコネを持ってるかどうかわからないぜ。若いんだって文句を言うことないじゃないか」

「まあ、それはそうだけど。まあ、おまかせするよ。一切、何も文句は言いません」

桑野はにやにやした。

鳥原は桑野と上京すると議員会館で嵐山に会った。

嵐山は鳥原と桑野を自分の親分の幹事長の牧村のところに連れて行って会わせた。

牧村幹事長は鳥原が嵐山の地盤を譲り受けて代議士になれば、鳥原の親分になる男である。

「この二人がわたしの苦境を救ってくれるそうです。保守党の議席を一つ減らすことは幹事長の牧村さんを苦しめることだ。そうも言ってくれております」

嵐山はそう言った。

「いや、ありがとう。同志嵐山君を助けていただく。これほどうれしいことはない」

牧村幹事長は鳥原と桑野の手をしっかりと握ってそう言った。

「嵐山さんを頼むよ」

そうも言う。

鳥原は牧村幹事長に手を握られて、すっかり興奮してしまった。

桑野も同じように興奮していた。

「いやあ、すげえな。生まれて初めてだよ。党の幹事長に手を握られたなんてことは」

桑野は幹事長室を出て来ると、興奮した声でそう言った。

「今夜は赤坂に席を取らせているから、そこで午後七時に会おう」

嵐山はそう言った。

「午後七時ですね」

「場所はうちの秘書に案内させる。泊まっているホテルはどこだったかな」

「それは秘書の方に申してありますから」

鳥原はそう言った。

「鳥原君にはずいぶん辛《つら》い思いをさせて申し訳なかった。ぼくが古手の県議ばかりかわいがると言って、ずいぶん不満だったらしいが、それに耳を傾けなかったぼくも悪かった。これから大事にするから、どうかよろしく頼む」

嵐山もそう言って、鳥原と桑野の手を固く握った。

8

丸山秘書はホテルにツインの部屋を一つ用意していた。

二人だからツインの部屋一つでいいと判断したらしい。

「地元の秘書の田舎者はこれだから困る」

鳥原はホテルのフロントでブツブツ言い、議員会館の第一秘書の岡本《おかもと》に電話をして、文句を言った。

岡本に部屋をツイン二つに変更させる。

「ふたりともいびきがひどいからね」

そう言う。

ホテルに四時過ぎにチェックインをすると、鳥原はすぐにポケットから手帳を出し、チエミの自宅の番号を回した。

うまい具合に電話口にはチエミが出た。

「覚えているかな、鳥原のおじさんだ」

「ああ、ふたつしたおじちゃんね」

チエミは変なことを覚えていた。

「きょう、上京して来たんだ。こっちへ来ないか」

　鳥原は言った。

「今から？」

「いや、今からじゃちょっと困る。これからまた仕事があって出掛けなきゃいかんから、そうだなあ、午後十時にどうだろう」

「十時ね。わかった。どこのホテル？」

　鳥原は泊まっているホテルを言った。

「わかった、行きます。十時ね」

「それからね、チエミちゃん」

「ん？　何？」

「もうひとり誰かいない？　おじさん、友達と一緒なんだ」

「友達って、この間のあのいやらしい人。ミツコが腹を立てていた」

　チエミは明るい声で言った。

「ああ、そうなんだけど、ミツコちゃん、どうして腹を立てたの？」

「だって、いやらしいんだって。ベロベロベロベロなめまわすんだって」

「ふーん」

「あんなになめまわす人、やだって言ってたわよ。しつこいんだって」

「そうらしいわね。それにすませてから、妊娠しちゃいけないからって、バスルームでコーラでミッコを洗おうとしたんだって」

「コーラで？」

「栓を抜いたコーラの口を手でふさいで瓶《びん》を振ってから、手をはなすと、勢いよく液が泡と一緒に飛び出すでしょ。あれをしようとしたのね。栓を抜いたコーラの瓶を振って瓶の口をミッコの中に入れようとしたんだって」

「あきれたヤツだな」

「そうでしょう」

「そうか。それじゃミッコちゃんじゃなしに、誰かいないかな」

「年を取った人でよかったら、おねえさんに言ってみるわ」

「お姉さんって、君のおねえさん？」

「ううん、違うわよ。よく遊んでる人。その人もおこづかいに困ってるんだ」

「いくつ、その人？」

「二十一」

「二十一か、ふーん」

鳥原はうなった。

「ナメ魔か」

桑野の言う三十代の脂の乗りきった女性には遠く及ばないが、二十一歳なら淫行規定に触れないことも確かである。

「まあ、いい。そのおねえさんを連れて十時に来てくれないか。部屋は六六二号室だ」

「六六二号室ね。分かった。それじゃ十時に」

「直接部屋に来るか？」

「うん、直接行くわよ。ドアをノックするからね」

チエミは明るい声でそう言って電話を切った。

「今晩ＯＫだよ」

その夜、鳥原は桑野と一緒に赤坂に向かいながらそう言った。

「おれの希望どおりの子だったかね」

「二十一だそうだ」

「二十一か。若すぎるな」

「でも淫行規定には触れないぜ」

「そうだな、そう思えば気も楽になるな。よし、わかった。それじゃ今夜は酒はほどほどにしておこう」

桑野はにやりとした。

鳥原にしても酒を飲むよりは、チエミの若い肌を楽しんだほうがいい。

赤坂の嵐山の設営してくれた料亭で、鳥原も桑野もあまり酒は飲まなかった。

嵐山は不思議そうに鳥原と桑野を交互にながめた。

「どうしたんだね。鳥原君は昔から酒豪で鳴ってたじゃないか。桑野君も飲むんだろ」

そう言う。

「いや、ちょっと、医者から酒を控えるように言われておりますので」

鳥原はそう言った。

「わたしも医者が飲んじゃいけねえ、いけねえと言うんで飲まないことにしてるんです」

桑野もそう言う。

「そうか、じゃ、ここを早めに切り上げて銀座のクラブに繰《く》り出すか」

嵐山はそう言う。

「いや、ちょっと、上京したばかりでくたびれているものですから、きょうは銀座のクラブのほうは失礼させていただきます」

鳥原はそう言った。

「桑野君はどうだ」

「はあ、わたしもきょうは疲れていますので失礼いたします」

「そうか。帰るのは明日だったな」

「はい。一泊だけの上京でございますから」

「そうか、残念だな」

「今度ゆっくりまいりましたときに、一つ銀座のほうをご案内いただけますれば」

鳥原はそう言った。

「そうか、残念だけど銀座はこの次ということにするか」

嵐山はそう言った。

座があまり盛り上がらないままにその晩は終わった。

「まだ、しこりがあるのかね、鳥原君」

料亭を出ながら嵐山は言った。

「いや、別にそんなこともありませんよ」

「そうかな。それにしてはきょうは寂しい感じだったよ」

嵐山はそう言いながらハイヤーに乗って帰って行った。

鳥原と桑野があまり酒を飲まなかったし、銀座も断わったので、まだ、しこりが残っている、と思ったのだろう。

「しこりは下半身のほうだよ。これを早くほぐしてもらいたいね」

桑野は上機嫌である。

鳥原と桑野は料亭の呼んでくれたハイヤーでホテルに帰った。

ホテルに帰り着いたのは午後九時半近くだった。

桑野の部屋は隣りの六六三号室である。

「女の子が来たら、そっちの部屋に行かせるよ」

鳥原はそう言って自分の部屋に入った。

さっそく裸になってバスルームに飛び込む。チエミに会う前に旅の汗は流しておきたかった。

風呂から上がり浴衣《ゆかた》に着替え、冷蔵庫から缶ビールを出して、テレビを見ながらそれを飲む。

待つほどもなくドアチャイムが鳴った。

ドアを開ける。

チエミが少しおとなっぽい子と一緒に立っていた。

「どうぞ」

鳥原はチエミとおとなっぽい女の子を部屋に入れた。

「おねえさんのヨシエさんよ」

「あ、どうも、鳥原です、よろしく」

鳥原は軽く頭を下げた。

ヨシエは肩までの長い髪をしていた。

その髪を掻《か》き上げながら頭を下げる。

「ヨシエさんの相手の人は、隣りの六六三号室だよ」

「そう。今から行くって電話してくれる？」

「ああ、いいよ」

鳥原は電話を取り上げて桑野の部屋の番号を回した。

「おーい」

桑野が電話に出る。

「彼女がお見えだよ。これからそっちへ行ってもらう」

「よし、ドアを開けて待ってるよ」

桑野は張り切った声を出した。

「それじゃ、ドアを開けて待っているそうだよ」

鳥原はヨシエに言った。

「二時間ですね」

ヨシエは念を押すように言った。

「ええ、二時間たったらこの部屋に来てください」

鳥原は言った。

「わかりました」

ヨシエは部屋を出て、隣りの桑野の部屋に行った。

「さて、またチエミちゃんに会えたぞ」

鳥原はヨシエが出て行くと、チエミを抱き寄せた。

チエミは鳥原の浴衣の前から手を入れてきた。

鳥原の欲棒をつかんでにやりと笑う。

「もうパンツ脱いでるの？」

そう言う。

「そうだよ。さっきからずっとフリチンなんだ」

「フリチンなんてエッチね」

チエミはゲラゲラと笑った。

「脱ぐの？　それとも脱がせてくれる？」

「もちろん脱がせるよ」

鳥原はチエミの後ろにまわりワンピースのファスナーを下げ、脱がせはじめた。

まだおとなになりきっていないチエミの体がワンピースの下から現われた。

選挙区で抱けば淫行規定に引っ掛かって、ただちに警察に引っ張られる行為を、これから鳥原はしようとしていた。

淫行規定のない東京がうらやましかった。

二時間ほどたっぷりと鳥原はチエミの、少女とおとなが同居している体を楽しんだ。

謝礼に三万円と車代の一万円をプラスして渡す。

「おじさん気前がいいから好きよ」

チエミはお金を受け取ると嬉しそうにそう言い、鳥原にキスをした。

かっきり二時間後にドアチャイムが鳴った。

ドアを開けると、ヨシエと、だらしなく浴衣を着た桑野が立っていた。

「まあお入んなさい」

鳥原は二人を部屋に入れた。

「なかなかいい子と遊んでるじゃないか」

桑野がチエミを見て言った。

「ああ、おじさんね。この間ミツコをなめまくったの。ミツコ、あんなになめられちゃ、いやだって言ってたわよ。それに妊娠させないようにってコーラの瓶を突っ込んだんだってね。あんなことしたら女の子、怒るわよ」

チエミは遠慮なしにそう言う。

「ええっ、そうかな。おれ、酔っぱらってたからよく覚えてないけど」

秘密を暴露され、桑野はたじたじになりながらも、そう言ってその場を誤魔化《ごまか》した。

さすがに恥ずかしかったのか赤黒い顔がさらに赤くなっている。

「それじゃね。また東京に来たら電話して」

チエミはそう言うと、ヨシエと一緒に部屋を出て行った。

「なあ、鳥原さんよ」

桑野はベッドに腰を下ろすと不満そうに鳥原を見た。

「嵐山先生だけどよ、なかなかおこづかいってのくれないじゃないか。少し、ボケてきたのじゃないかね」

そう言う。

長岡なら赤坂で一席設けたあとで、現金を秘書に持たせて来るところだが、嵐山にはその気配もない。

「まあ、明日、議員会館に行けばお車代くらい出るはずだよ」

鳥原はなだめるように言った。

「やっぱり、おこづかいをくれなきゃ、せっかく移ってきた甲斐《かい》がないぜ」

桑野は言う。

「それもそうだな」

鳥原はそう言いながら応接セットのソファに腰を下ろした。

鳥原には嵐山の後継者になるという大きな目標がある。

だからおこづかいなんかどうでもいいんだが、そういった目標のない桑野にとってみれば、一回にいくらくれるかが当面の関心なのである。

その意味では、桑野はチエミたちと同じだともいえる。

鳥原は翌日ホテルを出る前に議員会館に電話をして、秘書の岡本に、桑野におこづかいを用意しておくようにと言った。

「気がつきませんで申し訳ございません。さっそく用意しておきます」

岡本秘書はそう言った。

嵐山代議士のところを鳥原が逃げ出して、長岡のところに行った一つの理由に、嵐山が金が切れない代議士だということがあった。

とにかく金の出し方が下手な代議士なのである。長岡は惜しげもなしに金を使ったが、嵐山は金の使い方がみみっちいのである。

そういったところに嫌気《いやけ》がさしたのも事実だった。しかし、後継者のポストをつかむのであれば、そんなことは言っておれない。

嵐山の金の出し方などは、この際、二の次の問題なのである。

オレは代議士になったら、きれいに金を使う政治家になる。

鳥原はそう決めていた。

鳥原が東京から北原市の自宅に帰ると、追いかけるようにして、長岡代議士の第一秘書の吉本が電話をかけて来た。

「変な噂を耳にしたのですが……」

吉本は言う。

「どんな噂かね」

「怒らないでくださいよ。鳥原先生が桑野県議を誘って、嵐山陣営に戻った、という噂でしてね」

吉本はストレートに言った。

さすがに、政界だな、情報の流れるのは早い……。

鳥原は感心した。

「その噂は本当だよ」

鳥原は言った。

「えーっ、そんな……。冗談でしょう、鳥原先生」

「いや、本当だ。冗談ではない」

鳥原は重々しく言った。

リアクションは覚悟の上だった。

三章　密約

1

鳥原は桑野県議を手土産《てみやげ》に長岡派から嵐山派へ鞍替《くらが》えした。

そのことで長岡派から鳥原に対するリアクションがあることが充分考えられたが、長岡派は表立って動きは見せなかった。

鳥原も後援者を集めて、なぜ長岡派から嵐山派へ移ったかという説明はしなかった。後援者を集めれば、それだけで相当な金がかかる。派閥替えの説明などしてみてもはじまらない。

鳥原はそう思った。

代議士の選挙と違って、県会議員の選挙は、基礎になるのは個人票である。いかに知人を多く作り、その人たちに投票してもらうかで票が決まるのである。一票一票は、ほとんど知人の票であるから、代議士の選挙とはまるで出て来る票は違ってくるのだ。

鳥原の後援会に名前を連ねている人たちは、鳥原が長岡派から嵐山派へ移ったからといって、そっくりそのまま長岡に投票していた人が、嵐山に票を入れるというわけではない。

県会議員の選挙は、誰に入れるか決まっているが、衆議院の選挙では、誰に入れたらいいかわからない。

そういう有権者だけを総選挙のときに鳥原は長岡派に入れてほしいとか、嵐山に票を投じてほしいとかいって、票を取ることが出来るのである。

鳥原に一票を入れてくれる有権者が、国会の選挙になると共産党に票を投じることもあるのだ。

鳥原が保守党であるからとか、長岡派であるとかで票を投じてくれる有権者はほとんどない。

鳥原の個人票が票となって出て来るのである。

鳥原に一票を投じてくれる有権者たちは、鳥原が長岡派であろうと、嵐山派であろうと、そんなことはどうでもいいのである。

だから、長岡代議士から嵐山代議士に派閥の鞍替えをしたからといって、いちいち後援会を開いて報告する必要はまったくなかった。

鳥原が嵐山派に出戻りの形で戻ってから一カ月ほど経《た》ったとき、鳥原の後援会の幹部で小さい時からの同級生の室田が見知らぬ男を連れて訪ねて来た。

室田は建材店を経営している。

「こちら、ぼくがよくお世話になっている大黒《だいこく》建設の代表取締役副社長の長野《ながの》さんだ」

室田は連れて来た男を鳥原に引き合わせた。

大黒建設といえば大手の建設会社である。

「県会の建設委員長をしている男が、ぼくの同級生だと言ったら、どうしても会わせてほしいと言われてね」

室田は言った。

「大黒建設の長野でございます」

男は名刺を出して鳥原に最敬礼をした。

大黒建設は現在、県が行なっている土木建設工事には参加していない。

県の工事は地元の業者を優先し、大きいものだけを大手の建設会社に、その他は地元業者を使うという条件で入札に参加させているのである。

大きな工事を、現在、県は行なっていなかった。

「大黒建設さんに仕事をしていただくようなものは何もありませんよ」

鳥原は苦笑しながら名刺を受け取った。

大手の建設会社には、代表取締役副社長というのが十数人ずついる。

代表取締役がこれだけ沢山いるのは、建設業界だけである。つまりいい話が出たときに、代表取締役の肩書があれば、即座に、やりますという返事が出来るからである。

代表取締役の肩書がないと、一度会社に持ち帰りましてとか、上のほうと検討いたしましてからとか、言わざるをえない。

それではよそに仕事を横取りされてしまうからである。

速決即断で行くには、代表取締役の数を増やすのが一番なのだ。

しかも、建築現場などに、代表取締役が現われると、わざわざ代表取締役が来てくれた、と建設施工主を感激させることにもなる。

そういったこともあって、やたら代表取締役が多いのが、建設業界の特徴なのである。

「来年度は、ぜひとも大きい仕事をさせていただきたいと思いまして」

長野副社長は小太りの体に酒焼けをした顔の持ち主だった。

しきりにもみ手をしながらそう言う。

「大きな仕事をと言われても、まだ県会では何も考えていませんよ」

鳥原は言った。

「そろそろ国体でも誘致されたらいかがですか。国体も二巡目に入りましたし、国体を誘致し、総合グラウンドを新しく作り、体育館もハイテクの技術を集めたものを新しく作られましては。そういった計画を県に提案出来る方と言えば、鳥原先生をのぞいてはいないと、こういうふうに睨《にら》んでいるわけですがね」

長野はニコニコしながらそう言う。

「ほう、国体をねえ」

鳥原はきらりと目を光らせた。

「もしも先生がそういった構想を打ち出されて、国体誘致特別委員会の委員長のポストにでもおつきになられますと、わたくしどもも援助は惜しまないつもりでございますけど。確か先生の政治団体は、鳥翔会《ちようしよう》と鳳会《おおとり》の二つがございましたですね。毎年それぞれに百万ずつの政治献金をさせていただいてもよろしいんですが」

長野は言った。

「ほう、なかなかいい話ですな」

鳥原は長野の目をじっと見つめた。

代議士に出るには金がいる。

そろそろ何とかして人脈作りをしなければ、と考えはじめていたところである。

国体誘致という名目で、新しく県の総合グラウンドを作り、ボタン一つでステージを出し入れ出来る体育館を作れば、かなり巨大な投資になる。

地元業者ばかりでなく、大手の業者も指名を得ようとして殺到してくるはずだ。

そのときに計画のすべてを握り、入札の主導権を取ってしまえば、政治資金作りもそう難しいことではない。

「それから、鳥原先生は、北原市の坂野市長さんともご昵懇《じつこん》な仲だとうかがいましたのですが」

「ああ、坂野市長さんならよく知ってるよ」

「じつは、北原市のほうにも食い込みたいと思いまして。それでぜひとも坂野市長さんに、手前どもをご推薦いただきたいと思いまして」

長野副社長は体を乗り出した。

「しかし、北原市も大きい仕事は計画していないんじゃないかなあ」

鳥原は室田を見た。

「うん、まだ何も聞いていないな」

室田も首をかしげる。

「現時点では何もございませんが、鳥原先生のアイデアで、北原市に大きい建造物を一つ、お作り願いたいのですが」

「大きい建造物？」

「たとえば北原市の売り物は、市の中央を流れる北原川と、その眺めのよさでございますが、いかがでしょう、水と観光の国際会議などを、北原市で開催されては」

「水と観光の国際会議？」

鳥原は長野を見た。

「まさにそれこそ、北原市にうってつけだと思うんです。しかも国際会議を開くとすれば、やはり同時通訳が出来る立派な国際会議場も必要だと思うのです。幸い、手前どものお得意さんに、北原市にホテルを建てたがっているところがございまして、何とか土地さえ格安に手に入る方法を講じていただいたら、国際会議場を持った立派なホテルを作りたいと言っておるんですよ」

「なるほど」

「ですから、川の近くの眺めのいいところにある市の土地を、国際会議場のある大ホテルを作るという条件で、なるべく安くそのホテルにお譲《ゆず》りいただくように、市長さんにお話し願いたいんです」

「なるほど」

「その話がまとまりましたら、ホテルのほうも鳥原先生の後援会のほうに政治献金をしたいと、このように申しております」

長野はにやりと笑った。

「わかった。考えておきましょう」

鳥原はうなずいた。

2

鳥原は大黒建設の長野副社長が訪ねて来た翌日、上京した。

嵐山に会って、国体を誘致する構想をぶち上げた場合の可能性を探《さぐ》ろうと思ったのだ。

嵐山の第一秘書の岡本には、折入って嵐山代議士と二人だけで話がしたいから、ということは電話で伝えてあった。

上京すると、いつものホテルにチェックインする。

鳥原は議員会館に向かう前に、チエミの自宅に電話を入れた。電話口にチエミが出た。

「鳥原です。また上京したよ。今夜、例のホテルで待っているから」

そう言う。

「何時に行けばいい？」

「そうだな、きょうはちょっと代議士と話があるから、十二時というのは、遅いかな」

「そうねえ、十二時だったら、遅くなるわね。でも泊めてくれるならいいわ」

「泊まってくれるの？」

「うん、もう鳥原さんっていい人だってわかったから、泊まってもいいわ」

「そうか、じゃ、十二時に部屋に来てくれ。部屋の番号は八〇六号室だ」

「八〇六ね。じゃ、あとでね」

チエミはそう言って電話を切った。

鳥原はチエミとの約束をしてから、議員会館に顔を出した。

「いらっしゃい。嵐山には、鳥原先生がきょう来られることを伝えてあります。折入ってお話があるそうですと言いましたら、例の赤坂に部屋を取っておけということでございましたが、それでよろしゅうございますか。代議士は、今、ちょっと派閥の会合に出ておりまして、七時には体が空《あ》くと言っておりますので、よろしかったら七時に赤坂のほうにご案内いたしますが」

岡本はそう言う。

「赤坂のこの間の料亭かね」

「そうです」

「あそこなら、ひとりで行けるよ。それじゃ、ホテルに帰ってひと風呂浴びて、赤坂のほうに七時に行くようにするよ」

鳥原はそう言うと、議員会館を出た。

ホテルに帰って、ゆっくりとバスに入る。

今夜また、十七歳の、しなやかなチエミの女体を抱くのかと思うと、むっくりと欲棒が勃起し水面に顔をのぞかせた。

ひと風呂浴びて、鳥原は冷蔵庫からビールを出し、渇いた喉《のど》を潤《うるお》して、ゆっくりと身仕度をした。

六時半にホテルを出る。ホテルから赤坂の料亭までは、歩いて十分ほどだった。

鳥原は宵の赤坂の、にぎやかな通りをぶらつきながら、料亭街へ入って行った。

先日、嵐山に招待された料亭の玄関に立って案内を乞《こ》う。

すぐに奥から仲居が顔を出した。

「嵐山先生と会う約束なんだけど」

鳥原は言った。

「どうぞ、こちらへ」

仲居は先に立って、一番奥の部屋に鳥原を案内した。

「こちらです。しばらくお待ちください」

鳥原を座敷に通す。

鳥原は、床の間を嵐山のために空《あ》けて、その向かい側に腰を下ろした。

仲居はすぐにお茶とおしぼりを持って来た。

「もし、よろしければおビールでもお持ちしましょうか」

仲居は尋ねる。

「いや、ちょっと飲む前に話があるのでね」

鳥原は首を振った。

「わかりました。もし何かご用がございましたら、お電話でおっしゃってください」

仲居はそう言うと、頭を下げて部屋を出て行った。

嵐山が料亭にやって来たのは、七時五分過ぎだった。

「いやあ、待たせて悪いなあ。前の会合が長引いたのでね。君のことは気になってたんだけど、すまん、すまん」

嵐山はそう言いながら、床の間を背に、どっかりとあぐらをかいた。

「さっそく、やるか」

グラスを口許《くちもと》に持って行くゼスチュアをする。

「その前に二、三十分、折入ってお話し申し上げたいんですが」

鳥原は上目づかいに嵐山を見た。

「ああ、そうか。それじゃ、話を先にするよ。向こうへ行っててくれ」

嵐山は蠅《はえ》を追い払うような手付きで、仲居を部屋から出した。

「で、何だい、その話というのは」

嵐山は体を乗り出す。

「牧村幹事長ですが……」

「うん、牧村さんがどうかしたか」

「先生と牧村さんのご関係は強いんですね」

鳥原は念を押すような尋ね方をした。

「君ねえ。おれはこんなヨボヨボだけど、ついこの間までは牧村派の事務総長をやってたんだよ。まあ言ってみれば、牧村幹事長の懐刀《ふところがたな》だな。牧村さんもぼくの言うことはだいたい聞いてくれるよ」

嵐山は自信たっぷりに言った。

それを聞いて鳥原は体を乗り出した。

「じつは先生。うちの県に国体を誘致したいと思うのですが。牧村幹事長のバックアップはどの程度に期待出来ますでしょうか」

鳥原は言った。

「国体は確か二、三年先まで開催地が決まってたんじゃないかな」

「いえ、そのあとでけっこうなんです。どうせ国体を誘致すると目標を決めましたら、新しく県の総合グラウンドも作らなきゃなりませんし、体育館も立派なやつを作りたいと思いますので、やはり準備期間が二、三年は必要ですから」

「なるほど。国体を誘致するのであればぼくは全面的に協力するよ。もちろん牧村さんにもバックアップをお願いする。だから、県会で国体誘致ということを決めたら、そう言ってくれないか。百パーセント実現させるように、おれも尽力《じんりよく》する」

嵐山はきっぱりうなずいてから首をかしげた。

「しかし、県知事は知ってるのかね、国体誘致構想を」

「いや、まだ話していません。国の段階でどれだけバックアップを得られるか、まずその感触が知りたかったんです。今のお言葉で大変自信がつきました。嵐山先生のご助言があれば、牧村幹事長も百パーセント応援をしてくださるし、誘致間違いなし。そういうふうに言えば、知事も乗って来るはずです」

「そうだな。まあ、知事を説得してだな、それから県会にかけて可決をして、それを持って上京して来たまえ。百パーセント実現出来るように努力する」

「ありがとうございます。先生にそうおっしゃっていただければ、鬼に鉄棒《かなぼう》です。帰りましたら、さっそく知事を口説き落とします。どうぞよろしくお願いいたします」

鳥原は座蒲団から降りて、嵐山に最敬礼をした。

嵐山は気持ちよさそうに「うん、うん」とうなずいた。

嵐山は金はなかなか出さないが、そういった政治力を発揮することにかけては、ベテラン中のベテランである。

いろんなところに睨みも効くし、その知名度は高い。

官庁を動かすコツも知ってるし、どこをどう押せばいいかも心得ている代議士である。

話を終えると酒になった。

「どうだい、きょうは二人っきりだし、少し芸者でも入れてにぎやかにいくか」

「お願いします。この間は変に遠慮してしまいました」

「ああ、桑野君を連れて来たときだな」

「ええ、帰り新参でございますから、何かと硬《かた》くなっておりまして」

「そうか、わかった。きょうはにぎやかにやろう」

嵐山は仲居に芸者を呼ぶように言った。

十分も待たずに芸者はやって来た。どうやらあらかじめ、嵐山が待機をさせていたらしい。

嵐山はよほど興《きよう》が乗っていたとみえて、芸者に三味線を弾《ひ》かせ、自分で『黒田節』を歌いながらひとさし舞った。

「どうだい、なかなかうまいもんだろ」

拍手する鳥原に得意そうに言う。

「君も何か出すか？」

そう言う。

「いえいえ、私は不調法者《ぶちようほう》でございまして、せいぜいカラオケで軍歌をがなるくらいでございまして」

「カラオケで軍歌とはずいぶん勇ましいな。もうちょっと艶《つや》っぽい遊びをしなきゃだめじゃないか」

嵐山はそう言う。

艶っぽい遊びなら、今夜十七歳の女の子とデートの約束があるんですよ。

鳥原はよほどそう言いそうになって、あわててその言葉を飲み込んだ。

十七歳の少女が相手では犯罪になる。

そんなことは嵐山の前では言うべきではない。

3

「どうだい、二次会は銀座に行かないか」

一時間ほどにぎやかに騒いでから、嵐山は鳥原を誘った。

「はい、きょうはお供いたします」

鳥原はうなずいた。

チエミと会うのは夜中の十二時である。時間はたっぷりある。

「そうか、ほっとしたよ。この間、断わられてるからな。よし、それじゃ銀座だ。車を呼べ」

嵐山は仲居に言った。

まもなくハイヤーが着いたという知らせが帳場からあった。

「それじゃ、行こう」

嵐山は凱旋《がいせん》将軍のように意気揚々と胸を張って廊下に出た。

畳を敷いた廊下を、ドスンドスンと踏み鳴らして玄関に向かう。

玄関には四十前後の女将《おかみ》が正座をして待っていた。

「ありがとうございました。またいらしてください、嵐山先生」

女将はにこやかにそう言って頭を下げる。

「うん、また来るぞ。ここはいつ来ても気分がいいからな」

嵐山はそう言って、玄関に腰を下ろし、仲居が差し出した靴べらで靴を履《は》いた。

鳥原もあとに続く。

嵐山は運転手がドアを開けてくれたリアシートに乗り込んだ。

そのそばに鳥原も乗る。

料亭の仲居たちが、頭を下げて見送る中をハイヤーは走り出した。

「どちらへ？」

運転手が尋ねる。

「銀座の八丁目、電通《でんつう》通りだ」

「かしこまりました」

ハイヤーは十分ほどで銀座に着いた。

嵐山はビルの地下にあるクラブに、先に立って下りて行った。

木のドアを開ける。そこは二十畳ほどの広さのクラブになっていた。

客席の半分ほどの数のホステスがいる。

「あら、先生、いらっしゃい」

ホステスの中から、ママらしい三十代の女が立ち上がって、小走りに嵐山に駆《か》け寄った。

「おう、ママか。これは鳥原君だ。おれの選挙区の県会議員の先生だぞ」

「これは、鳥原先生、よくいらっしゃいました。どうぞよろしく」

ママはにこやかに頭を下げた。

嵐山はそのクラブにタカミというお気に入りの女の子がいるらしく、ママに言ってその子を呼んでもらった。

タカミは二十五、六歳の、やや小太りの女だった。

どうやら嵐山代議士は、ほっそりした女よりも肉づきのいい女が好みらしい。

——おれとは反対だな。

鳥原は心の中で苦笑した。

「いいか、ここで見たことや聞いたことは全部オフレコだぞ」

嵐山は鳥原に言った。

「わかっていますよ、先生。こっちもオフレコに願いますよ」

「わかってる、わかってる。大いに楽しみたまえ」

嵐山はそう言うと、タカミの肩に手をまわし、自分の方に引き寄せた。

唇に素早くキスをする。

タカミは何をされてもニコニコしていた。

――年のわりには元気なものだ。

鳥原は感心して嵐山を眺めた。

「政治家なんて年を取ったら終わりだ。いつまでも現役でいなきゃ。おれはこの子と何回かやってるんだぞ」

嵐山は酒の酔いにまかせてそう言った。

「あら、先生。やだ」

タカミは恥じらった風情《ふぜい》を見せた。

しかし、心の底から恥じらっているのではない。

「どうだ、おれがどれくらい元気がよかったか、鳥原先生に話してやれよ」

嵐山は言う。

「とにかくご立派でした。わたし、あまり先生のが大きすぎて破れるかと思ったわ」

タカミはそう言う。

「ワッハハハハッ」

嵐山はうれしそうに高笑いをした。

「ところで、吉岡《よしおか》代議士だけどな。ほら、おれがこの間連れて来たらお前を口説いていた、あの助兵衛野郎だ。まさか、あいつとは寝てないだろうな」

「あら、いやですわ。わたし、そんなお尻の軽い女じゃありませんよ」

タカミは怒ってみせた。

「悪い、悪い。しかし、あいつも相当手が早い男だからな」

「わたしなんかお呼びじゃありませんよ。あの先生はほっそりした女《ひと》が好きなんですから」

「そうだったかなあ、おれは、タカミにご執心《しゅうしん》だと思ったけどな」

「違いますよ」

タカミはプイと背中を向けた。

4

銀座のクラブには十一時過ぎまでいた。

十一時を過ぎると、ホステスたちは一人、二人と、私服に着替えてから「お先に」と言って、店を出て行く。

「それじゃ、おれたちも引き揚《あ》げるか。どうだ、タカミ、おれについて来ないか」

「お寿司おごってくださる？　お腹ペコペコなの」

「いいけど、お前、海老《えび》のオドリばかり食うんじゃねえぞ。あれは高いからな」

「あら、ケチ。わたし、あれ大好きなのに」

「まあ、いい、食いたいだけ食え」

嵐山はニヤニヤした。

鳥原たちに対しては、財布の紐《ひも》がきつい嵐山も、クラブのホステスにはずいぶん紐がゆるくなるみたいである。

「どうだ、君も寿司を食いに行かんか。腹が減っただろ」

鳥原を誘う。

「いや、わたしはもう充分です。赤坂でご馳走になりましたし、これで失礼をいたします」

鳥原は気を利《き》かしてそう言った。

気を利かすも何も、チエミとの約束の十二時が間もなく迫っている。

「そうか、ホテルに帰るか」

「はい、帰ります」

「それじゃ車を呼んでやろう」

「いや、車は結構です。ここから赤坂まで道が混むとどれぐらいかかるかわかりませんし、明日の朝早いですから地下鉄で帰ります」

「そうか。じゃ、おれはこの子と寿司をつまんで帰るからな」

「どうぞ、ごゆっくり」

「それからこの子と寿司をつまみに行ったということは、いいな」

嵐山は口のチャックを閉じるゼスチュアをした。

「わかっております」

鳥原は立ち上がると、頭を下げてクラブを出た。

地下鉄の駅まで歩いて、地下鉄で赤坂見附《みつけ》に向かう。地下鉄の駅からホテルまでは、歩いて五分ほどだった。

ホテルに戻ると、約束の十二時の二十分前だった。

鳥原はホテルの浴衣《ゆかた》に着替えると、冷蔵庫からビールを出して飲んだ。

若い十七歳の女体を脳裏《のうり》に思い浮かべると、体がひとりでに興奮してくる。

興奮を抑えるために、ビールでも飲まないと間が保《も》たなかったのだ。

ビールを飲みながらテレビを見る。

約束の時間を十分過ぎたとき、ドアチャイムが鳴った。

鳥原は急いでドアを開けた。

チエミがミツコと一緒に立っていた。

鳥原はふたりを部屋の中に入れた。

「ふたりなの？」

チエミとミツコを交互に見る。

「あら、鳥原さん、いつも誰かと一緒だもん。今夜もほかのおじさんと一緒だと思って、わたし気を利かしてミツコを連れて来ちゃったのよ」

チエミは困ったような顔をした。

「そうか、きょうに限ってひとりなんだな」

鳥原も困ったようにチエミを見た。

「ミツコもちょうどおこづかいが欲しくなったって言うし、この前のなめまくるおじさんでも仕方がないわ、と言ってついて来たの。困ったわね」

チエミはミツコと顔を見合わせた。

「ねえ、鳥原さん」

思い切ったようにチエミは口を開いた。

「何だい」

「どうせ泊まるんだから、あすの朝までわたしとミツコを代わりばんこに抱かない？　そしてミツコにもおこづかい上げて」

「ええっ？」

鳥原は驚いてミツコを見た。

「いいのかい」

「わたしたちなら、いいわ。平気よ。そばに誰かいても。ねえ、ミッコ」

チエミがそう言う。

「うん、平気よ。おじさんがチエミちゃん抱いてるとき、わたしテレビを見てる。わたしをおじさんが抱いてるとき、チエミはビデオを見てれば。ここ、有料のビデオやってるわよね」

ミッコは事もなげに言う。

「よし、それじゃ、そうするよ」

鳥原は即座に少女たちとの３Ｐを楽しむことに決めた。

望んでも得られないチャンスが向こうから飛び込んできたのだ。

このチャンスをむざむざ見逃すことはない。

政治家は速断即決。判断力のすぐれた者が勝つ。

「ああよかった」

チエミはほっとしたように肩の力を抜いた。

5

「それじゃ、ふたりとも裸になってベッドに上がりなさい。テレビなんか見なくてもいいんだろ」

　鳥原は思ってもみなかったチャンスの到来にいささか逆上気味になっていた。

「テレビなんかいいわよ。でも、穴がふたつに棒がひとつじゃ、同時に出来ないでしょ」

　チエミは笑った。

「同時に出来なくても触ることは出来る」

「助兵衛ね」

　チエミは鳥原を睨んだが、あえて異議は唱《とな》えなかった。

　鳥原はホテルの浴衣を脱ぐと、すっ裸になってベッドに上がった。

「さあ、早く来いよ」

　チエミとミツコを手招きする。

「ミツコ、風呂は？」

　チエミはミツコを見た。

「うん、夕方家を出るときに入ってきたけど」

「でもそれから、五、六時間経《た》ってるでしょ」

「そうよ」

「わたしもそうなの。お風呂に入ったほうがいいわね、鳥原さん」

チエミは鳥原に尋ねた。

「いや、いい。そのままでいい」

「このままでいいの？　わたしたちはどうでもいいけど。鳥原さん、匂ったらいやなんじゃない」

「たまには匂う体を抱いてみたいよ」

鳥原はチエミとミツコを改めて手招きした。

「チエミちゃんはぼくの左側。ミツコちゃんはぼくの右側に来なさい」

そう言う。

「いいわ」

チエミは着ているものを脱いでさっさと裸になった。

ベッドにもぐり込んで来る。

ミツコも裸になると、反対側からベッドに入って来た。

鳥原はふたりの少女の首に手をまわすと、自分の方に引き寄せた。

身体の右側と左側に、ふたりの少女の肌が密着する。

チエミが手を伸ばして、そっと鳥原の欲棒をつかんだ。

「ぎんぎんになってるわ。ミツコもつかんでみたら」

そう言う。

ミツコは遠慮がちに手を伸ばして、鳥原の欲棒をつかんだ。

鳥原とまだ肌を合わせていないミツコには遠慮がある。

鳥原にしても、何度も抱いたことがあるチエミより、まだ肌を合わせていないミツコの体に興味があった。

ミツコはグラマーなだけに、乳房も大きいし、体の肉づきもよかった。

「どっちから先に抱こうか」

鳥原は天井を向いたまま、どちらにともなく言った。

「抱きたいほうから抱いたら」

チエミはそう言う。

「ふたりとも抱きたいから困るんだな。そっちで決めてくれないか」

「だったら、先にミツコ抱いたら。鳥原さんには初めての子だし、興味もあるでしょ」

チエミは言う。

「それじゃ、そうするかな」

鳥原はチエミに背を向けて、ミツコの方を向いた。

「君はなめられるのが嫌いだったね」

「いえ、なめてもいいですよ」

ミツコにそう言う。

ミツコは言った。

「この間、おれが紹介した男がなめまくったんで、機嫌悪くなったんだろ」

「でも、あれから少しはおとなになりましたから」

ミツコは顔を赤らめた。

「わかったよ。それじゃ、まず舌で味をきかせてもらうからね。あっ、それからチエミちゃん、ぼくがミツコちゃん抱いてる間、このベッドにいてくれないか。君も触りたいんだ」

「本当にド助兵衛ねえ、鳥原さんは」

チエミは歌うように言った。

「いいわよ、わたしベッドにいる」

そう言う。

「よし、それじゃ、始めるとするか」

鳥原は毛布をめくった。

体を起こす。

ふたつの少女の裸の体が現われた。

ふたりの少女はきれいな肌をしていた。

しみひとつない肌である。

わずかにミツコのほうが色白だった。

茂みはミツコのほうが短い。

チエミの茂みは、長いがほっそりとしている。どちらもおとなの茂みではなかった。

産毛《うぶげ》がわずかに濃くなったという感じである。

チエミの太腿はほっそりしていて、少女の太腿を思い出させた。

ミツコのほうも肉づきのいい体にしては、太腿が細目である。おとなの体に成り切っていない太腿だった。

鳥原はふたりの少女の体を両手で撫でた。

「ふたりとも両足を開いてくれないか」

そう言う。

チエミとミツコは言われたとおりに両足を開いた。

茂みの下に女の亀裂《きれつ》が現われた。

鳥原は短い二つの亀裂を眺めながら、こんなことをしてもいいのかなと、一瞬、頭のすみで考えた。

しかし、いいか悪いかは別にして、ここまで来たらもう止まらない。

「交互になめるからね」

そう言ってから、ミツコの女芯に顔を伏せる。

強い香気が女芯から立ち昇っていた。いかにも若い女の子らしい香気である。

その女芯を舌でペロリとなめる。

ピリッとする香辛料が舌を刺し、しょっぱい味がした。

鳥原はミツコの女芯を味だけきくと、すぐチエミの股間に唇を移動させた。

珍しくチエミの女芯からも、強い香気が立ち昇っていた。

いつも磨《みが》いたように無味無臭の女芯をしているチエミだが、今夜は違っていた。

いつもは自宅でお湯を浴び、女芯を洗ってホテルに直行して来ていたから、そういった匂いはしなかったのだろう。

しかし、今夜は、家を出てだいぶ時間が経っている。

それだけにいつもと違った女の匂いがする。

鳥原はその女芯をペロリとなめ上げた。

「あっ」

チエミは小さな声を上げた。

チエミの女芯も塩味がしたが、それはミツコほどしょっぱくなかった。

鳥原はチエミをひとなめして、ミッコの女芯に戻った。

今度はじっくりと女芯を眺める。

桑野県議がなめまくったというのが、何となくわかるような気がした。

短い茂みの下に、ぱっくりと開いている小さな女芯は、淫唇の合流点に大粒の芯芽を持っていた。

その芯芽は、カバーが少し後退していて、好奇心をのぞかせるように、ピンク色の頭部がのぞいていた。

鳥原はその芯芽に吸いついた。

吸いながらなめる。

ヒクヒクヒクッとミッコの女体が痙攣《けいれん》した。

「ああ」

ミッコの口から低く抑えた声がもれる。

チエミは、好奇心を剥《む》き出しにした目で、喘《あえ》ぐミッコを眺めている。

チエミはふたりを眺めながら、自分の胸を両手でつかんだ。

何となく変な気分になったらしい。

鳥原はミッコの女芯をなめながら、チエミの女芯に手を伸ばした。

指でゆっくりと女芯を探る。

チエミの女芯にも、蜜液が盛大にあふれ出ていた。

ミツコの女芯には、チエミの女芯にあふれた蜜液の倍以上の量があふれ出している。

鳥原はミツコの女芯をなめながら、チエミの女芯に中指を挿入した。

強い力でチエミの女芯は中指を締めつけてくる。

「ああ」

チエミも声を出した。

「ああ、いい」

ミツコはチエミの声に触発されたように、一段と大きな声を出した。

鳥原は舌が疲れてきた。

ミツコの女芯には、すでに蜜液が充分すぎるほどあふれている。

「クライマックスって知ってる？」

鳥原はミツコに聞いた。

「いいえ」

ミツコはゆっくりと首を振る。

クライマックスに達したことのない女体に、長い前戯は無用である。

どれだけ長く前戯をほどこしても、クライマックスに達することはありえないからだ。

むしろ長すぎる愛撫は、快感をも殺《そ》ぎかねない。

「入るよ」

鳥原は言った。

ミツコは小さくうなずいた。

鳥原はミツコの両足を大きく開かせると、欲棒を女芯に押し当てて、ぐいと腰を進めた。

欲棒がミツコの通路に押し入る。

ミツコの通路はきわめて狭かった。

チエミよりもうんと狭い。

「ああ」

ミツコは声を上げて、鳥原にしがみついて来た。

鳥原は根元まで欲棒を沈めた。

奥壁に欲棒の先端が当たって、やんわりと押し返された。

通路の深さはチエミのほうが深い。

ミツコは狭いうえに、チエミよりもやや浅い通路の持ち主だった。

しっかりとミツコを抱きしめる。

大きな乳房が鳥原の胸に押しつぶされた。

それがきわめて快い感触をもたらしてくる。

グラマーな体の持ち主だったが、女体は非常にやわらかだった。

抱きしめると、ミツコの体がなくなってしまうような気がする。

余分についている肉が、鳥原にはまるで邪魔に感じられなかった。

肉づきのいい女もなかなかいいもんだな、鳥原はミツコを抱きながらそう思った。

女はスリムな子でなければならないという持論は引っ込めなければならないな。

鳥原はそうも思った。

しっかりとミツコの抱き心地を確かめてから出没運動をはじめる。

狭い通路に、欲棒がきしみながら出入りをする。

蜜液で濡れているのだが、通路が狭いために欲棒がきしんでしまうのだ。

しばらく出没運動を続けていても、鳥原はなかなか爆発点に至らなかった。

狭い通路が欲棒を強く締めつけているので、放出感が消えてしまうのだ。

鳥原は同時にチエミも抱いてみたくなった。

チエミは、すぐそばで珍しそうに、ミツコに出没運動を行なう鳥原を眺めている。

「よし、次はチエミちゃんだ」

鳥原はミツコから欲棒を引き抜くと、チエミの両足を大きく開いて、女芯に押し入った。

ミツコの蜜液で濡れている欲棒は、チエミの体に、スムーズに収められた。

鳥原は根元まで押し込んで、ミツコとの感覚の相違を味わった。

チエミの場合は比較的通路がゆるやかである。

しかし、いったん締めつけてくると、その力は、ミツコの締めつけ方よりもむしろ強い。

奥へ引っぱり込むようにしながら欲棒を締めつけてくるのだ。

チエミのほうが、芯芽も淫唇も発達していた。

その芯芽を鳥原は、自分の恥骨で押しつぶすようにした。

「ああ」

チエミの口から声がもれた。

恥骨のふくらみはチエミのほうが張り出していた。

当然、ミツコにも恥骨のふくらみはあるのだが、肉づきがいいせいか、それほど張り出した感じが強くは感じられないのだ。

鳥原に伝わってくる圧迫快感は、チエミのほうが大きかった。

鳥原は出没運動をはじめた。

きわめてスムーズに、欲棒はチエミの女体に出没する。

圧迫快感も手伝って、鳥原はたちまち爆発しそうになった。

爆発はミツコの中でしたかった。

鳥原はチエミに出没しながら、ミツコにバックで迎える形を取らせた。

チエミを抱いている鳥原のそばで、ミツコはシーツに両手と両膝をついて、バックで鳥原を迎える形を取った。

鳥原はチエミから欲棒を引き抜いて、バックでミツコを貫《つらぬ》いた。

「ああ」

ミツコは体をよじる。

「いくぞ」

鳥原はミツコの腰骨を引きつけるようにして、激しく出没運動を行ない、たちまちクライマックスに到達した。

勢いよくミツコの中に男のリキッドを放出する。

「ああ」

ミツコは鳥原の打ち出すリズミカルな放出に合わせて声を上げた。

鳥原はすっかり男のリキッドを放出すると、結合を解いた。

二人の少女の間に仰向《あおむ》けになる。

チエミがティッシュペーパーを取って、鳥原の欲棒を拭き、別のティッシュペーパーをミツコの股間にはさんだ。

「チエミちゃんとはひと眠りしてからだ。疲れちゃったよ」

鳥原はそう言った。

ふたりの少女の体をオモチャにして、こんな遊びをしてもいいのか、とも思う。

これがもしも世間にばれたら、大変なスキャンダルだな、そうも思う。

バレれば政治生命がそこで終わりになるのは確実だった。

――、楽しいことにはリスクがつきまとうものだ。

鳥原はそう思った。

そのまま鳥原は深い眠りに落ちていった。

6

東京から戻ると鳥原は、ふらりと県庁の知事室に顔を出した。

小野《おの》知事は執務机に向かって、書類に目を通していた。

「これは鳥原さん、まあどうぞ」

小野知事は顔を上げて鳥原を見ると、にこやかに応接セットを手で勧《すす》めた。

書類を放り出して、執務机の角を曲がり応接セットのそばに来る。

「きょうはいったい何のご用件ですか」

鳥原と向かい合って腰を下ろしながら、小野知事は尋ねた。

「知事さん、このところわが県も沈滞気味なので、ここらで派手にぶちかましてみたらと思いましてね」

「派手にぶちかますと言いますと？」

「国体の誘致をしたらどうでしょう」

「国体の誘致ですか。わが県には総合グラウンド、あるにはあるんですが、とても国体やるにはお粗末でしてねえ」

「国体を誘致するために、まず県の総合グラウンドを新しく造るんですよ。それから体育館も立派なやつを造りましょう。国体の誘致については嵐山先生とも話をしたんですが、嵐山先生は牧村幹事長の全面的なバックアップを得て、必ず実現するように努力すると、そのように約束してくれたのですがね」

「ほう、嵐山先生がね」

小野知事の顔に興味の色が浮かんだ。

「小野知事もそろそろ二期目が終わりますよね。このままズルズルといくと、強力な対抗馬が出てくると、ちょっと選挙が苦しくなるんじゃないですか。この二期目に、これといった功績は、こう言っちゃ何ですが、あまりないようですし、ここらでやはり派手に国体あたりを誘致して、小野知事の力を見せておくほうがいいんじゃないですかね」

鳥原は言う。

「うん、それもそうですな。わたしもね、何かやらなきゃいけないと思ってたんですよ。国体の誘致か、それはいいな。どうです、鳥原さん、今度の県議会で、あなたがそれを緊急提案してくれませんか」

　小野知事はすぐに乗ってきた。

「そうですね。緊急提案ならやってもいいですよ」

「そしたらわたしも全面的にその方向で進むと答弁をしますし、もしあれだったら、国体誘致特別委員会でもこさえまして、鳥原さん、そこで旗を振ってくれませんか」

「いや、そういうことであればやりましょう」

　鳥原はうなずいた。

「ただ、総合グラウンドの建設だとか、総合体育館の建設ということとなると、地元の業者というわけにもいかんでしょうな」

　小野知事は鳥原を見た。

「ええ、まあ、そうなると大手と地元のジョイント・ベンチャー、あるいは大手数社と地元業者数社のジョイント・ベンチャーといったことも考えられますね。そういう方向でいかなきゃ仕方ないんじゃないでしょうか」

「それもそうですな」

　小野知事は鳥原をじっと見つめた。

「いやあ、じつはですなあ、この間から大手の建設業者の連中がしきりにわたしに面会を要求してくるんですよ。で、わたしも忙しいんでずっと断わってきたんだが、そういうことなら、やはり会ってみたほうがいいようですな」

小野知事は言う。

「大手、といいますと？」

「大手数社ですよ。三社ほどだったかな、会いたいと言ってきてるんです」

「しかし、知事が直接業者に会われるのはどんなもんですかね。もしあれでしたら、まあ、次の選挙資金ですか、そういうものはわたしのほうが知事の後援会のほうにうまく献金をするように業者に言ってもいいんですがね」

「そうですか。まあ、そういうふうにやっていただければこっちも大変幸せですが」

「それじゃ、その件はわたしにお任せ願えませんか」

「いいでしょ、お任せします」

鳥原は具体的な話を曖昧《あいまい》に進めていった。それが政治家同士の話である。

「それからこの件は内密に、ふたりだけの話ということに」

「わかりました。そういうふうにさせていただきます」

鳥原は知事と握手をした。

密約が出来たのだ。

「詳しくは、今度、夜にでもゆっくりと時間をかけて練りませんか」

鳥原は小野知事に言った。

「それじゃ、どうですか、あすの晩。知事公舎の裏にある小さな小料理屋の《東味《とうみ》》で。あそこは親父もわたしのファンでしてね。外にもれて困るような話をするときに、わたしがよく使うところなんですよ。まあ、鳥原さんをお招きするのは初めてですけどね」

知事は鳥原を見てにやりと笑った。

7

北原市の坂野市長は、国際会議場を持つ大ホテルの建設を鳥原が持ち掛けると、この話に飛びついてきた。

水と観光の国際会議という、鳥原の出したプランにも無条件で飛びついてきた。

「北原市を売るいいチャンスだ、これは。それにそういったものを造っておけば、わたしもまだまだ二期や三期は頑張れますからね、アハハハッ」

坂野市長は上機嫌で笑う。

「ホテルの業者と、それから建設業者は、いずれ献金に市長のところに連れてまいります」

「それじゃ自宅に夜、事前に日時を決めて来てくれるとありがたいな。やはりこういう話は、あまり市役所などの人目のあるところではね」

「いや、わかりました。そのようにいたします」

鳥原はうなずいた。

国体誘致計画と、北原市の大ホテル建設が軌道に乗るまで、たっぷりと一年はかかった。

根回しとか、反対する議員の説得だとか、市民団体の説得に時間がかかったからである。

国体の誘致は、嵐山が牧村幹事長を動かしたこともあって、思ったよりはスムーズに事が運んだ。

四年後に開催が決まったのである。

県会で国体誘致特別委員会が設置され、鳥原はその委員長に就任した。

ただちに、県総合グラウンドの新設と、国体に向けての体育館の新設が決議され、業者の入札が行なわれ、工事が開始された。

四章　一寸《いっすん》先の闇

1

厳しい寒さが続いていた。

窓の外は木枯らしが吹き荒れている。

時刻は午後十時半をまわったところだった。

鳥原はホテルの部屋で久し振りにチエミを抱いていた。

国体の誘致が決まり、市にホテルの建設が決まってから、それぞれ工事は進みはじめていたが、いろんな問題が次から次に持ち上がり、鳥原はこのところ東京へ出て来る機会がめっきり増えていた。

ほっそりしたチエミの体を抱き寄せたときだった。

電話が鳴った。

「はい、鳥原です」

鳥原は眠そうな声を出した。

いかにも眠っていたところをたたき起こされたという感じを出したのだ。

今の今まで、若いチエミの肉体を抱いて楽しんでいたのだが、そういったことはけっして電話の相手に感じさせてはならないのだった。

「鳥原先生ですか」

嵐山代議士の第一秘書の岡本の、緊張した声が聞こえた。

「ああ、岡本さんですか」

「そうなんです。ちょっと、ロビーまで降りて来ていただけませんでしょうか」

「えっ、このホテルに来てるの？」

「そうなんです。ちょっと、至急、お目にかかりたい事態が出来ましたので」

「こんな時間にですか。明日じゃいけませんか」

「いや、明日じゃ困ります。今すぐ、出来るだけ早く降りて来ていただきたいんです」

「わかりました。すぐに行きます」

鳥原はベッドから出ると、パンツを穿《は》いた。

情事の痕跡が欲棒にべっとりとついていたが、それを洗っている時間はなさそうである。

鳥原はワイシャツを着て、ズボンを穿いた。

「どこに行くの、おじさん」

「今ね、嵐山という代議士の秘書から呼び出しがかかったんだ。下のロビーに来てるらしい。ちょっと下に行ってくるよ」

「わたし、ここに居てもいいの」

「うん、帰って来るまで眠ってなさい」

鳥原はネクタイを締めると、上着を小脇にかかえて部屋を飛び出した。

エレベーターで一階に降りる。

岡本はソファに腰を下ろさずに、ロビーを歩きまわって鳥原を待っていた。

「鳥原先生。夜分どうもすみません」

鳥原を見て岡本は駆け寄って来た。

「いったいどうしたというんだね」

鳥原はネクタイの形を直しながら上着を着た。

「じつは、うちの先生が……」

「嵐山先生が？」

「ええ、亡くなられたんです」

「なんだと？」

「それも、この近くのホテルなんですが」

「この近くのホテル？」

「若い女が一緒でした。タカミという銀座の子です」

岡本は声をひそめた。

「ということは、腹上死かね」

「そうです。でもそのことはマスコミにも伏せるように、ホテルには箝口令《かんこうれい》を敷いておきました」

「そうか。で、先生の遺体は？」

「もうそろそろご自宅に到着する頃だと思います」

「よし、それじゃ先生のご自宅に行こう」

「はい。車はわたしが持ってまいりました」

「そうか、じゃ、運転していただこうか」

「わかりました」

岡本は鳥原を地下の駐車場に案内し、マイカーに乗せて嵐山の自宅に向かった。

嵐山の自宅に到着したのは十二時半を過ぎた時間だった。

暗い住宅街の中で嵐山の家だけが、不夜城のように全室に明かりをともしている。

開け放たれた玄関から鳥原は嵐山の家に入った。

嵐山の遺体は奥の八畳の間に、北枕にして横たえられていた。

枕元には、嵐山夫人の春代《はるよ》と長男の次郎がしょんぼりと坐っていた。

「奥さん、とんだことになりましたね」

鳥原は嵐山の遺体に一礼し、両手を合わせてから春代未亡人に声を掛けた。

「いつかこうなると思ってたんです。あの人の女遊びは尋常《じんじょう》じゃありませんでしたからね。わたしの知ってるだけでも銀座と赤坂と新宿にヒトリずつ女がいたんですから」

春代は涙を指先でぬぐいながら、嵐山の遺体を睨みつけた。

「これまでわたし、この人には女の問題で何回泣かされたかわかりません。それを次郎は知ってるもんですから、グレたりして。でもあれ、本当にグレたんじゃないんです。この子は嵐山に反抗して、グレた風をしてみせただけなんです。ね、次郎」

春代は次郎を見た。

次郎は小さくうなずく。

「とりあえず新聞発表ですが――」

岡本が口をはさんだ。

「ホテルで会食中に気分が悪くなって、そのまま病院に運ぶ途中息を引き取ったということでいかがでしょう」

岡本はそう言った。

「あなたにお任せするわ」

春代は乾いた声で言った。

翌日はお通夜、その次の日の午後一時から自宅で密葬という段取りを決めて、鳥原はホテルに戻った。

ホテルまでは岡本が送ってくれた。

「代議士の突然死ですが、普通脳溢血《のういっけつ》とか心不全とかいろいろ発表されているうちの相当な数は腹上死なんですよ」

岡本はそう言った。

ホテルに戻ったのは午前二時すぎだった。

「とにかく明日、朝の九時に議員会館に行くよ」

「そうですか、それじゃ議員会館でお待ちしています」

岡本秘書はホテルの玄関で鳥原を降ろすと帰って行った。

鳥原は岡本を見送って、部屋に戻った。

「遅かったわね」

チエミは目を覚ましていた。

「嵐山代議士が死んだんでね。腹上死だそうだ」

鳥原はチエミに言った。

「年も考えないでエッチするからいけないのよ」

チエミはおかしそうに笑った。

十八歳の女の子には代議士の死など、笑いとばしてしまえるほどのことでしかないのだ。

「ねえ腹上死ってどうなるのかしら。上に乗ったまま死なれたら、下になってる女の子、いい迷惑だわ」

そう言う。

「急に男の体が重くなっちゃって、必死になって這《は》い出したっていう話も聞いたこともあるけどね」

鳥原はそう言いながらチエミのそばにもぐり込んだ。

「あすがお通夜で、あさってが密葬だから、当分は東京に居坐らなきゃいけないな」

「じゃ、わたし、毎晩来る？」

チエミは鳥原を見た。

「明日からぼくのこの部屋にも、いろんな人間があわただしく出入りすると思うんだ。だから、もう今回は会えないかもしれないな」

鳥原は首をひねった。

「でも夜中の十二時だったら、人は出入りしないでしょ」

チエミは言う。

「夜中の十二時を過ぎれば出入りはしないと思うけどな」

「じゃ、毎晩わたし十二時にここに来ていい？　あすもあさっても」

「そうだな。その前に十一時頃電話を入れて確かめてくれないか。いろんなことがあって、十二時までにホテルに帰れないことも考えられるし。ここで会議みたいなことをやってることもあるかもしれないし」

「わかった。じゃ、あすの晩十一時に電話してみるわね」

「そうしてくれないか。とにかくちょっと大変なんだよ、代議士の密葬というのは。後継者の問題もからめてね」

鳥原はチエミの幼さが残る乳房をつかんだ。

しかし、欲棒は元気になる気配はない。

嵐山代議士が腹上死した事実が胸の上に重苦しくのしかかっていた。

「後継者って？」

「つまり誰が嵐山代議士の後を継《つ》ぐかという問題もあるんだ」

「ふーん」

チエミはわかったようなわからないような顔をした。

チエミにとっては、一晩四万円になるアルバイトが出来るかどうか、そっちのほうが大事なのである。

2

翌日、鳥原は午前九時に議員会館の嵐山の部屋に行った。

「おはようございます」

岡本は眠そうな顔で鳥原を迎えた。

「昨夜あれから選挙区の県会議員の先生方と、主だった方々には電話で連絡をしておきました」

「それはご苦労さま」

鳥原は奥の議員室に入り、いつも嵐山が坐っていた回転椅子にどっかりと腰を下ろした。

代議士の椅子はなかなか坐り心地がいい。

よし、嵐山先生のこの椅子はおれがいただく。

鳥原は自分にそう言い聞かせながら、大きくうなずいた。

嵐山の密葬には、嵐山派の県会議員が勢揃いをした。

鳥原には荘厳《そうごん》な嵐山の密葬が、自分を国会に送り出すセレモニーの一つのように思われた。

鳥原は県議団を代表して、火葬場まで行き、嵐山の骨を拾った。

嵐山の骨は老人とは思えないほど、太くたくましかった。

鳥原は初七日の法要まで東京にとどまった。

はじめの二日間は、さすがにチエミをホテルに呼ばなかった。

残りは毎晩のようにチエミとベッドで甘美な夜を過ごした。

初七日の法要が済むと、その席で未亡人の春代は、集まった一族郎党を前に、次郎を嵐山の後継者にすると発言した。

「それはどうですかねえ、奥さん。嵐山先生は、次郎君がやらかした後援者の一人娘の強姦事件で、一生涯かけても償《つぐな》いをさせる、政治家には絶対にさせないと、世間に言明されましたからね」

鳥原はまっ先に異議をはさんだ。

「それは嵐山が言ったことです。わたしは、次郎を嵐山の後継者にしないと言ったことは、一度もありません。昨夜も次郎と話し合いましたが、この子は、父親の遺志を継ぐ、とはっきりそう申しました」

春代未亡人は挑むように言った。

「だめですよ、奥さん。次郎君じゃ。次郎君はまだ罪の償いも済んでいませんからね」

厳しい声で坂野市長が言った。

「あなたが母親として次郎君の身びいきをすることはよくわかります。でも、代議士のポストというのは公《おおやけ》のポストですからね。個人の感情でどうこうするポストじゃないんですよ」

嵐山の古くからの友人であるだけに、坂野市長はズバズバ言う。

「それじゃ嵐山の後継者に誰がいるというの。誰も出さなきゃ、現職の人や、落ちている革新の元代議士が喜ぶだけじゃないの」

「いますよ、いくらでも」

「誰がいるのよ」

挑むように春代未亡人は坂野市長を睨んだ。

「県議の鳥原十三郎先生。今度の国体誘致や北原市のホテルの誘致で、その実力は充分に証明されております。嵐山先生の後継者としてもっともふさわしいのは鳥原先生だと思います」

坂野市長はきっぱりと言った。

春代は顔面蒼白になって、坂野と鳥原を睨みつけていたが、プイッと席を立って姿を消した。

保守党では、嵐山代議士の党葬を青山斎場《あおやまさいじょう》で行なうことにした。

葬儀委員長は総裁で、友人代表が牧村幹事長である。

党葬まで二十日ほどあった。

鳥原は地元に引き返して、まず嵐山派の県会議員を固めてまわった。

百万円ずつの現金を手渡して、嵐山の後継者として推《お》してくれるように頼んだのである。

ほとんど金を使わなかった嵐山だけに、嵐山派の県会議員の連中に、百万円の現金は非常な効果を発揮した。

みんな嵐山の後継者として鳥原を推すと言ってくれたのである。

鳥原は坂野市長にも三百万円を手渡した。

それらの金は、県総合グラウンド、県の体育館、北原市のホテルの建設などを通じて、業者から後援会に振り込まれた政治献金である。

代議士になると目標を決め、早々と軍資金集めに着手しておいてよかった……。

鳥原はそう思った。

坂野市長に三百万円を渡したのは、魂胆《こんたん》があったからである。

「今度、党葬の時、友人代表で出席される牧村幹事長に、地元ではわたしを嵐山の後継者として認める空気が強くなったので、どうか嵐山先生の後釜《あとがま》としてよろしくと、あなたからそう言ってほしいんです」

鳥原は現金を渡してそう言った。

坂野市長が、嵐山の同期生であり、仲のいい仲間であるということは牧村幹事長もよく知っている。

その坂野市長から、嵐山の後継者は鳥原だと言ってもらえば、牧村幹事長も納得するだろうと思ったのだ。

からねえ」

「言いましょう。あなたに嵐山派に帰って来てもらったのは、嵐山君の後継者含みでした

坂野市長は大きくうなずいた。

青山斎場で行なわれた嵐山の党葬には、牧村派はもちろんのこと、他の派閥の代議士も相当数、顔を揃えた。

総理大臣が葬儀委員長であるから、財界からも多くの人たちが列席した。

党葬の始まる前に、坂野市長は牧村幹事長のところに鳥原を連れてゆき、嵐山の後継者として地元で推すムードが高まっていますので、ひとつよろしくお願いしますと、鳥原を引き合わせた。

「あす、うちの事務所に来てくれないか。平河町《ひらかわちょう》の派閥の事務所だ。午後三時がいい」

牧村幹事長は短く鳥原に言った。

「わかりました。三時にうかがいます」

鳥原は牧村に最敬礼をした。

3

翌日の午後三時に、鳥原は、平河町のビルの中にある牧村派の事務所を訪れた。

緊張し全身が硬直していた。

受付の女性に、牧村先生に午後三時に来るようにと言われている鳥原十三郎です、と名乗る。

「一番奥の部屋にどうぞ」

女の子は言った。

鳥原は衝立《ついたて》で仕切られた廊下を歩き、一番奥の部屋のドアをたたいた。

「どうぞ」

太い声がした。

ドアを開けると、牧村が机の向こうで椅子に腰を下ろし、爪切りで爪を切っていた。

鳥原を見ると、

「まあ、どうぞ」

室内に招き入れ、応接セットを手で示す。

鳥原は応接セットにかしこまって腰を下ろした。

「昨日、嵐山君の奥さんに泣きつかれてね。次郎君を何としてでも嵐山君の後継者にしたいと、こうなんだな。坂野市長に、後継者には鳥原君をと言われている、と言うと、奥さんずいぶん腹を立てていたよ」

牧村はそう言いながら鳥原の表情をうかがった。

「はっきり申しまして、次郎君では次の選挙は勝てません」

鳥原はそう言った。

「君なら勝てると言うのかね」

牧村は念を押すように尋ねた。

「はい」

「自信たっぷりだな」

「嵐山先生の後継者は自分だと思って、嵐山派へ帰り、これまで国体の誘致その他、牧村先生のご尽力を仰ぎながら推進してまいりました。付き合う範囲の幅も広がったように思いますし、知り合った人の数もここ一年で、昔の三倍ほどになりました。まだまだこれからもひとりずつ手を握っていけば、嵐山先生の後継者として立派に勝利者になれると確信しております」

鳥原はまっすぐに牧村の目を見た。

「次郎君は女の問題を起こしたというじゃないか」

「はい。嵐山後援会の有力な幹部の一人娘を強姦したんです」

「ひどい話だ」

「嵐山先生は一生涯かかっても、次郎にこの罪の償いをさせる、政治家には絶対にさせない、そうおっしゃっていたのです」

「それを承知で春代未亡人は、次郎君を後継者にしようと言うんだね」

「そうですね。未亡人はやはり自分の子供が可愛いのだと思います。政治家にしないと嵐山は言ったかもしれないけど、わたしはそんなことは一度も言ったことはない、そうおっしゃってますから」

「ぼくは嵐山君に、ずいぶん前に次郎を後継者にしたいという話は聞いたことがある。君の話は嵐山君の口からはまだ聞いていないんだ」

「突然のご他界だったので幹事長にお話しする時間はなかったのではないでしょうか。しかし、わたしには、もう一期か二期やれば、あとを譲るとはっきりおっしゃってました」

「なるほどね」

「牧村先生、どうかわたしを先生の派閥の一員にお加えください」

鳥原は頭を下げた。

「政治家の選択はだ、現実的なものなんだよ。政治家は常に現実的な選択しかない。それを覚えていてくれたまえ」

牧村はそう言った。

「それから、君にはスキャンダルはないだろうな。女のスキャンダル、金銭的なスキャンダル。今は政治家もスキャンダルが命取りになる時代だからな。こちらでも調べさせてもらうが、スキャンダルがあれば、ぼくは君を仲間に入れるわけにはいかないよ。大丈夫だろうね」

牧村は鳥原に念を押した。

「はい。スキャンダルはありません」

鳥原はきっぱりと答えた。

頭のすみに十八歳のチエミを抱いている自分の姿が横切ったが、どう考えても、それは外に出る性質のスキャンダルではない。

黙っていれば誰にもわからないことである。

「スキャンダルで牧村先生にご迷惑をかけるようなことは決してございません」

鳥原はそう言った。

4

嵐山未亡人の春代は、嵐山の納骨に選挙区に帰って来た。

その時に旧嵐山派の幹部や婦人部の幹部を集めて、納骨儀式の会を行ない、そこでも次郎を後継者として売り込んだ。

しかし、嵐山派の幹部は、春代未亡人をもはや相手にしなくなっていた。

嵐山の納骨だから集まったのであり、次郎の擁立《ようりつ》のために集まったのではない。

幹部の中にははっきりと春代未亡人にそう言うものもいた。

情勢ははっきりと鳥原有利に流れていた。

鳥原がばらまいた鼻薬《はなぐすり》がいろんなところで効果を発揮しはじめたのだ。

手に汗してつかんだ金であれば無造作《むぞうさ》にばらまくことは出来なかったかもしれない。

しかし、政治献金として何の労なく集まって来る金は、どれだけばらまいたところで惜しくはなかった。

鳥原さんは金が切れる、そういう風評さえ、選挙プロの間で流れはじめていたのだ。

いろんなものが金をもらいに来た。

怪しげな新聞もあれば、商店会のお祭の寄付もあった。

鳥原は気前よくそういった者に金を渡しながら、自分への協力を取りつけることも忘れなかった。

鳥原は精力的に選挙区を歩きまわり、嵐山の後継者としての自分を、有権者の間にイメージづけていた。

月に一度は牧村幹事長に会うために上京した。

ついでにホテルにチエミを呼び出しては、若い肢体をむさぼる。

チエミは間もなく十九歳になろうとしていた。

十八歳をすぎたあたりからチエミの体の中で変化が生じた。

まず、茂みが大人の茂みに変わってきたのだ。

それまでのどことなく頼りなげで細かった毛が、たくましく縮れた太い毛になり、面積も広がった。

しっかりとした逆三角形を描き、生命力にあふれた熱帯樹が生い茂るように恥骨の膨《ふく》らみを覆《おお》い隠した。

ほっそりした太腿が肉がついて太くなり、大人の太腿に変化していった。

鳥原にはチエミがまず下半身から大人になっていくように感じられた。

ウエストのくびれから下が、大人になっていったのである。

乳房のほうは相変わらず小さかった。

「チエミちゃん、そのうちにおれ、東京に住むようになるかもしれないよ、代議士に当選したら」

「そうなるといいわね。そしたらいつでも会えるし」

チエミはうれしそうな顔をした。

「そうなったら、チエミちゃん、おれ専用の女にならないかな」

「専用の女って?」

チエミは可愛らしく小首をかしげた。

「おれがマンションを借りるから、そこに住んで、そしておれを迎えるのさ」

「来るたびにおこづかいくれるの？」

「月々のおこづかい決めちゃうのさ。二十万とか三十万とか」

「言ってみれば、奥さんみたいな役目をするの？」

「そうだよ」

「出来るかなあ。だってわたし料理を作ったことはないし、遊ぶのが好きだから、会えばワイワイやってるでしょ。わたしにそんなの勤まらないわよ」

チエミは首を振った。

「それよか、週に二回ぐらい会っておこづかいもらったほうがいいわ」

チエミはそう言う。

鳥原は、将来、チエミを東京の女にすることはあきらめた。

マンションを借りて住まわせるのは、十代の女ではなくやはり銀座あたりから選んだほうがいいらしい。

5

県議選と衆議院の選挙では、選挙区がまるで違う。

鳥原はこれまで足を踏み入れたことのなかった、ほかの県議の地盤にもどんどん入り込んで、顔を広めなければならなかった。

その意味では、嵐山派の県会議員の仲間は大いに役に立った。

もう一つ役に立ったのが、嵐山の地元秘書の丸山である。

丸山に頼んで、嵐山派の旧幹部を中心に、十人単位ずつくらいの集まりを開いてもらって、そこに鳥原が出掛けて行って話をするのである。

そうやって鳥原は、これまで何の縁もゆかりもなかった地域に一つずつ楔《くさび》を打ち込んでいった。

鳥原の後援会は、毎日、少しずつだが着実に人数を増やしていった。

当然、女性の支持者も出て来る。

嵐山に比べてはるかに若く、ハンサムな鳥原には、たちまち、女性の熱心な支持者が出来た。

しかし、鳥原は女性には絶対に手をつけなかった。

いや手をつける必要がなかったのだ。

東京に出て行けば、十代のチエミが抱ける……。

そう思うだけで、三十代、四十代の、政治活動に熱心な、体型の崩れた女たちを相手にすることはなかった。

その意味ではチエミは、鳥原の一種の防波堤の役目を果たしてくれた。

身持ちが硬《かた》い男。

選挙区ではそういう評判が立った。

しかし、同じ保守陣営の長岡代議士と、升田代議士の陣営からは、さまざまな悪意に満ちた言葉が投げつけられた。

忘恩の徒。裏切り者。身のほど知らず。二重人格……。

ありとあらゆる悪意に満ちた言葉が鳥原に向かって投げつけられたのである。

普通の神経の男であれば、そういう言葉を投げつけられるたびに、気が滅入《めい》って戦意を消失してしまったかもしれないが、鳥原はそういった言葉を平然と聞き流した。

出る杭《くい》が打たれることは百も承知していた。

それに長岡派から嵐山派に移ったときに、ある程度のリアクションがあることも覚悟していた。

鳥原は何と言われても平気であった。

嵐山の票田をそっくり受け継いで国会に駒を進められれば、それで鳥原は勝ちなのである。

長岡、升田両陣営の、旧嵐山派への切り崩《くず》しは容赦なかった。

あらゆる伝手《つて》をたぐっては、鳥原が回って来るよりは先に、嵐山派の幹部へ工作を掛け、あるいは就職で、あるいは金でもって、鞍替《くらが》えを勧誘するのである。

嵐山派の切り崩された分は鳥原が、自分の個人票で埋めていくしかなかった。

同時に鳥原は、長岡派や升田派への切込みも辞さなかった。

特に長岡派は、かつて自分が籍を置いていただけに、地元の有力者の色分けは、手に取るようにわかる。

長岡に対して不満を持っている後援者もよく知っていた。

そういったところから鳥原は切り崩しを掛けていく。

それは非常に熾烈《しれつ》な闘いでもあった。

鳥原は新人だけに知名度が低く、不利であった。

その不利を覆《くつがえ》す唯一の有利だったところは、長岡と升田が、国会の会期中は、金帰火来《きんきからい》が精いっぱいなのに対して、鳥原は四六時中、選挙区に張りつくことが出来るという点である。

鳥原は、毎日、真っ黒になって選挙区を飛びまわった。

あるときは、嵐山代議士の地元秘書だった丸山を連れ、あるときは単身で、またあるときは、新たに組織した鳥原後援会の幹部と一緒に、毎日、個別訪問を中心に、地を這う闘いを続けていった。

嵐山が亡くなって、ほぼ半年かかって、鳥原は旧嵐山派をほとんど手中に納《おさ》めた。

もちろん長岡派に鞍替えしたものや、升田派に寝返っていったものも少なくない。

その分は、鳥原の個人票で充分に穴埋め出来た。

しかし油断は禁物である。政界は一寸先が闇なのである。

油断をすれば、いつ足下をすくわれるかもしれない。

6

鳥原は勢力のさらなる拡大を狙《ねら》った。

長岡、升田派への切込みをはじめ、革新陣営にも手を伸ばしていったのである。

衆議院の任期の四分の三がすぎ、あますところ一年となったあたりから、国会に解散風が吹きはじめた。

解散風が吹きはじめると、一挙に解散に雪崩《なだれ》込むのが通例である。

鳥原は緊張した。

四つの議席をめぐって、現職三人、元代議士が一人、それに新人の鳥原、合計五人が四つの議席を争うのである。

誰か一人貧乏くじを引くものがいる。

それが誰かは蓋《ふた》を開けて見なければわからなかった。

定員四名に有力候補五人は、最激戦区といってもいい。

そんなとき、とんでもない大物が立候補を声明した。

小野知事が衆議院に打って出ると宣言したのである。

嵐山が死んだ今がチャンスだと、小野知事も思ったらしい。

せっかく金をかけ、引き締めていた後援会は、小野知事という大物の出馬で、たちまち不安定な状態になった。

「知事さんには恩があるからなぁ」

そういうふうに言いはじめた幹部が、何人も出て来たからだ。

それは鳥原のところだけではない。

長岡派も升田派も革新陣営も、一様に小野の出馬に衝撃を受けた。

定数四に有力候補六人は、ますますもって、大激戦である。

最下位当選者と、次点との差はおそらく千票も開かないだろう。

マスコミはそう予想した。

千票どころか百票も開かないかもしれない……。

鳥原はそう思った。

六つの陣営の票の取り合いは、なりふりかまわぬものになった。

誰が当選しても、誰が落ちてもおかしくない選挙区である。

誰もが貧乏くじは引きたくないと思っていた。

鳥原は後援会の青年部の強化に力を入れた。年を取っていればいるほど、いろんなしがらみから小野知事に恩返しをしなければならないという立場のものが増えている。

しかし、青年層は違っていた。青年層は誰も古い政治家にそういった借りはない。

青年層は固めるには一番固めやすい層であった。

それに鳥原は、青年層に一番近い、一番若い候補者になるはずである。

その青年層の中で、青年団はある程度の票を持っており、保守、革新を問わず、衆議院に打って出るものが目をつける組織である。

鳥原も県の連合青年団に目をつけた。

県の連合青年団長の池中太吉《いけなかたきち》は精力的な指導者という評判だった。三十八歳とまだ若い。

身長は一メートル八十、体重は八十キロ、かなりの大男で迫力がある。

鳥原は室田の紹介で池中に会った。

協力を要請する。

「鳥原さんはとてもお硬《かた》いそうですね。どうもそこのところが青年層にアピールしにくいんですよ。やはり青年層はどちらかというと、話のわかる兄貴、そういうのを欲しがっていますからねえ。あなたがもう少し砕《くだ》けた話のわかる人であれば、わたしも票がまとめやすいんだけど、どうもねえ、硬すぎるというのが……」

池中はズバズバとものを言った。

「女遊びだってしますよ」

鳥原は言った。

「またまた、そんなことを。選挙だと、どうも候補者の皆さんは口から出任せのことをおっしゃる」

「いや本当です。何なら、東京へ一緒に行きましょうか」

鳥原は池中を東京に誘った。

東京に連れて行って、十代のあの子を抱かせれば納得するだろう、と思ったのだ。

いや、抱かせるだけでなく、一緒に遊ぶのだ。

それしかない……。

鳥原はそう思った。

「ほう、東京で何か面白いことがあるんですか」

「まあ、黙って一緒に東京に行きましょう。旅費からホテル代からぜんぶぼくが持ちますよ。東京見物もたまにはいいんじゃないですか」

鳥原はそう言った。

鳥原は池中にミツコをあてがってやるつもりだった。

十代の東京の女を抱けば、田舎の連合青年団長は狂喜するはずである。

しかも、鳥原は、池中の尻尾《しっぽ》をつかまえることができる。

鳥原は航空券を手配し、ホテルを予約し、チエミに電話を入れた。

またミツコと一緒にホテルに来るようにと言ったのである。

「いいわ」

チエミはあっさりと了承した。

7

「池中さん、あなた東京の十代の女を抱いたことないでしょ」

飛行機の中で、鳥原は池中の耳元に唇を寄せてそう言った。

「ほう」

池中の目が輝いた。

「東京のおなごはもちろん初めてだし、十代のおなごも初めてですな。それを抱かせていただけるのですか」

池中は声をひそめた。

「ええ、そのつもりなんです」

「もしそれが本当なら、あなたのために死にもの狂いで応援しますよ」

池中は約束をした。

選挙は政治の理想に向かってつっ走っているように見えるが、実はそうではない。

こういった非常に下世話な部分での諒解《りょうかい》で、候補者を応援するか、しないかが、決まるのである。

立派な政治理論はそのあとからついて来るのである。

けっしてはじめから政治理論が先行し、選挙が行なわれ、当選者が決まるのではない。

だから金がものを言うのだ。

女を抱かせれば、効果はもっと大きくなる。

鳥原は羽田空港に着くと公衆電話でチエミに電話をした。

すぐにホテルに来てほしい。われわれはここからホテルに向かう。いつものホテルのロビーで落ち合おう……。

鳥原はチエミにそう言った。

「わかったわ。すぐに出るわ。ミツコも一緒なの」

チエミが笑いながら言った。

「ホテルで待っているそうですよ」

電話を切ると、鳥原は池中を見てにやりと笑った。

モノレールでホテルに向かう。

「十代のコールガールですか」

声をひそめて池中は尋ねた。

「そんな、プロじゃありませんよ。単なる遊び好きな子です。だから、たっぷりとセックスのテクニックを教えてやってください。喜びますよ」

鳥原は池中の耳元でささやいた。

ホテルのロビーで、チエミとミツコはちょこんと腰を下ろして鳥原たちの到着を待っていた。

鳥原は池中にチエミとミツコを紹介した。

「ここで話していてください。今、チェックインをしてきますから」

そう言ってフロントに行く。

鳥原はダブルベッドの部屋を二つチェックインする。

キイを受け取ると、鳥原は部屋への案内は断ってチエミたちのところに戻った。

「それじゃとりあえず、ぼくのところに行きましょうか。これが池中さんの部屋です。ぼくの部屋の隣りですね」

そう言う。

四人は客室のある階に上がって行った。

鳥原の部屋に入って、冷蔵庫のビールを出して乾杯する。

「いかがです、池中さん」

鳥原はチエミの肩に手をまわし、得意そうに池中を見た。

「これでもぼくがコチンコチンですか。わたしのコチンコチンなのは、股間だけですよ、アハハハハッ」

鳥原は豪快に笑ってみせた。

「いやあ、まいったなあ。鳥原さんにこういう一面があるとはね。いやあ、恐れいりました」

池中は頭を下げた。

「ミツコ君、池中さんだ。県の連合青年団長なんだよ。若いけど、うちの県ではとても偉い人だ」

鳥原は改めてミツコを紹介した。

「それでは充分にお楽しみください。晩ごはんも、おふたりで自由に召し上がったらいいでしょ。勘定はサインで部屋につけておけばいいですから」

そう言う。

「ミツコ、ルームサービスがいいよ。ルームサービスだったら裸のままベッドで食べれるもの」

チエミがミツコに知恵をつけた。

「そうねえ。ルームサービスで裸でお食事するのも面白いわね」

ミツコは言う。

ミツコはどうやら池中が気に入ったようだった。

池中もミツコがひと目で気に入ったようである。

8

池中とミツコが部屋を出て行くと、鳥原はチエミをベッドに押し倒した。

チエミを抱くのは二カ月ぶりである。

この二カ月間、なりふりかまわず選挙区を駆けまわっていて、上京をするチャンスがなかったのだ。

「久し振りだなチエミちゃん。君の匂いを久し振りに嗅《か》ぐよ」

鳥原はチエミのスカートをまくると、恥骨のふくらみに頬ずりし、パンストの上から匂いを嗅いだ。

「お風呂なんか入らなくていいだろ。とにかくまずチエミちゃんを抱きたい」

そう言う。

「いいわよ」

チエミは起き上がると、自分でパンストを脱いだ。

着ているものを脱ぐ。

たちまちブラジャーとパンティだけになった。

鳥原も急いで裸になる。

鳥原はすっ裸になると、チエミのブラジャーとパンティを剝《は》ぎ取った。

前戯もそこそこに押し入る。

チエミはほとんど濡れていなかった。

鳥原はそんなことはどうでもよかった。

ほっそりとしたチエミの体は相変わらず柔らかかった。

「ああ、本当に久し振りだな」

鳥原はチエミを抱き締め、激しく出没運動を行なった。

鳥原はあっという間に男のリキッドを放出した。

「朝までに三回だな」

「元気いいのね」

チエミは結合を解いた鳥原の欲棒をティッシュペーパーで丁寧《ていねい》に後始末をしながら言っ

た。

「だって二ヵ月、ずっと選挙運動ばかりやってて女なんか抱かなかったんだぞ」

「奥さんも？」

「あんなババア、抱くかよ」

鳥原は苦笑した。

全然抱かなかったわけではない。

しかし、二ヵ月で二回か、三回、数えるほどしか夫婦の交渉はなかった。

本当にそれどころではなかったのだ。

二時間ほどたったとき、ナイトテーブルの上の電話が鳴った。

電話は池中からだった。

「鳥原さん、とても気に入りましたよ。ミツコさんはいい子だ。しかしこうなったら鳥原さんと兄弟になりたくなったな。女をとっ換えませんか」

池中はそう言う。

「えっ？」

鳥原は絶句した。

チエミはこれまでほかの男に抱かせたことはない。

「ちょっと待っていただけませんか。これから話をして、それから返事をします」

鳥原は言った。

「わかりました。とにかく、ぼくはあなたと義兄弟になって、そしてあなたを応援したいんだ」

池中はそう言う。

――断わりきれないな。

鳥原はそう思った。

電話を切るとチエミを見る。

「どうかしたの？」

チエミは心配そうに鳥原を見た。

五章　闘争

1

チエミは全裸のままベッドに仰向《あおむ》けに横たわっていた。

この一年の間に太腿の肉がずいぶんついてきている。

体が次第に少女から女に変わってきているのだ。

「隣りの部屋に泊まっている青年団長の池中さんだがね」

鳥原はチエミを見下ろしながら言った。

「池中さんがどうかしたの?」

「今電話をしてきて、パートナーチェンジをしようと言うんだよ」

鳥原は言った。

「つまり、わたしが池中さんと寝て、あなたがミツコと寝るというの?」

チエミがさぐるような目で鳥原を見た。

「まあ、そういうことなんだ。つまり義兄弟になりたいと言うんだな」

「義兄弟?」

「同じ女をふたりの男が抱いたときには、そのふたりの男は義兄弟になるんだよ」

「ふーん、面白《おもしろ》いのね」

「池中さんと寝るのはいやなんだろ。いやだったら、いやだと、言ってくれ。おれ、断わるよ」

鳥原は言った。鳥原には、チエミはほかの男に抱かせたくない、という気持ちが強い。

「別に、いやじゃないわ」

あっさりとチエミは言った。チエミにそう言われれば、鳥原は池中の申し出に応じるほかはない。

「それじゃ、パートナーチェンジにOKしてくれるかい」

「いいわよ。そのかわり、おこづかい、色をつけてね」

「わかったよ」

「どうするの。男の人が入れ換わるの？　わたしとミツコが入れ換わるの？」

チエミは鳥原を見た。

「チエミちゃんが隣りの部屋に行って、ミツコちゃんをこっちの部屋によこしてくれないかな」

「わかった」

チエミはベッドから起き上がると、ホテルの浴衣《ゆかた》を身にまとった。

池中には抱かせたくない女だが、仕方がない。

今は次の衆議院選挙に勝てるかどうかの瀬戸際《せとぎわ》である。池中はどうしても自分の後援会

の中心人物として活躍してもらわなければならない男である。チエミを抱かせ義兄弟にな
っておいたほうが、何かとそのためには都合がいい……。

鳥原はそう算盤《そろばん》をはじいた。

「じゃあね、行ってきまーす」

チエミは浴衣を着ると、そう言って部屋を出て行った。

入れ換わりにミツコが入って来る。

「バスルームに入って体を洗ってくれないか」

鳥原はミツコに言った。

「はい」

ミツコは浴衣を脱ぐとバスルームに入って行った。

「あそこの中を指を入れてきれいにするんだよ」

鳥原はバスルームのドアを開けてミツコに言った。

池中の遺留物がある女体の中に、欲棒を突っ込むのは何となく気持ちが悪い。

「わたし、指なんか入れて洗ったことなんかないわ」

ミツコは鳥原を見て唇をとがらせた。

「わかったよ。それじゃおれが洗ってやる」

鳥原はバスルームに入った。

鳥原ははじめから裸である。

鳥原はビニールのカーテンをバスタブの内側に垂《た》らすと、ミッコの片足をバスタブの縁《ふち》に上げさせた。

シャワーでお湯の調節をして、ミッコの女芯を指で開き水流を当てる。

「ああ」

ミッコは声を出し、ピクンピクンと体をはずませた。

水流が芯芽に強く当たったからだ。

鳥原は女芯にシャワーの水流を当てながら、右手の中指を通路に挿入した。

通路の中は池中の放出した男のリキッドがヌルヌルしていた。それを指できれいに掻《か》き出し、シャワーで洗い流す。

鳥原は気がすむまでミッコの女芯をシャワーで洗い、ようやくオーケーを出した。

バスタオルで女芯を拭《ふ》いてミッコをベッドに連れて行く。

ミッコはベッドに仰向けになった。

チエミに比べると、短い茂みである。

その茂みを撫《な》でながら、鳥原はミッコの女芯がチエミよりも狭く、奥行きが短いことを思い出した。

「池中さんは何回やったのかね」

茂みを撫でながら鳥原は尋《たず》ねた。

「二回よ」

　ミツコは言った。

「何か、変わったことをしたかね」

「バックでするのが好きな人ね。二回ともバックでしたわ」

　ミツコが言う。

「ほう、バックが好きなのか」

「そうみたい。奥さんとすればいいじゃないって言ったら、奥さん、絶対、バックじゃさせないんだ、と言ってたわ。そんなことすると、変態だって怒るんだって」

　ミツコはそう言うとクスクス笑った。

「彼は両親と一緒に住んでるからなあ。バックですると、ガボガボ変な音が出るだろ。それを聞かれるのを、きっと嫁さんがいやがってるんだろうな」

「ふーん、そうなの。今頃、きっとチエミもバックからやられてるわよ」

　ミツコはそう言った。

　ミツコの女芯を指で触りながら、そんな話をしているうちに、鳥原は回復してきた。

　ミツコの女芯にも新しい蜜液が湧《わ》き出してきている。

「それじゃ、こっちは正常位でやるとするか」

「そうね」

ミッコは大きく両足を開いた。

ミッコも太腿にふっくらと肉がつきはじめている。どうやら女の体になってきたようである。

鳥原は正常位でひとつになった。

短い通路の奥壁に、欲棒の先が当たって押し返される。

チエミの女芯は深く、欲棒が奥壁に突き当たる感じはまったくしない。その代わり女芯の締めつける力は緩《ゆる》やかである。

いろんな女芯があるもんだな……。

鳥原はミッコを抱き締めて出没運動をしながら、そう思った。

2

鳥原はミッコを腕に抱いて朝を迎えた。

池中はチエミとミッコを取り替えてからは、パートナーチェンジをしようと言って電話をして来なかった。

朝になるとチエミがドアをノックしてやって来た。

鳥原はチエミとミツコに五万円ずつ渡した。

「もう帰ってもいいよ」

そう言う。

ミツコは着替えをするために池中の部屋に戻った。

チエミは浴衣を脱いで身仕度をはじめた。

「池中さんからバックでやりまくられたんだろ」

鳥原はチエミの体を目で舐《な》めまわすように眺めながらそう言った。

「池中さんがバックが好きなの、知ってたの？」

そう言う。

「いや、ミツコちゃんに聞いたんだ。彼女もバックからやりまくられたらしい」

「そうなの。バック一本やりで、朝まで三回よ。あんなにバックでするのが好きな人って初めてだわ」

チエミはそう言った。

「ミツコは二回やったっていうから、五回よね。田舎《いなか》の青年団長って、すごく精力的なのね」

チエミはフワーッとあくびをした。

「帰って眠らなくちゃ。ほとんど眠らせてくれないんだもの、あの人」

チエミはそう言う。

「今度連れて来る人は、あまり朝までするような人じゃないほうがいいわ」

チエミはそう言った。

「ミツコとは何回したの？」

鳥原に尋ねる。

「一回だけだよ」

「一回だけとは少ないわね」

チエミは声を出して笑った。

「おれ、それほど好きじゃないもの」

「よく言うわ」

チエミは柔らかくなった欲棒を握った。

「また硬《かた》くなったら東京へ出て来てね」

そう言う。

「あまりいろんな男と寝るんじゃないよ」

「ヤキモチ焼いてるの？」

「そうじゃないよ。いろんな男と寝ると、病気をもらう機会がそれだけ増えるだろ。おれ、今、変な病気にかかったら大変なんだ。何としてでも、代議士に当選しないといけないからな」

「そうか。鳥原さんが変な病気もらって、ガニ股で歩いたりしたら、たちまち評判になっちゃうわね」

チエミはそう言うと楽しそうに笑った。

チエミとミツコを帰すと、鳥原は池中とレストランに下りて行って朝食を食べた。

「ふたりの女の子の電話番号を聞いておきましたよ」

池中は言った。

「これから上京するたびに、あの子たちのお世話になろうと思いましてね。いいでしょ、ぼくが使っても」

池中はそう言う。

「ああ、どうぞ、どうぞ。その代わり選挙のほうは、ひとつよろしくお願いしますよ」

鳥原は釘《くぎ》を刺した。

「義兄弟のためですからね。火の玉になってやりますよ」

池中はニヤニヤしながらうなずいた。

3

東京から帰ると鳥原は、来たるべき総選挙に備えて組織作りに駆け回った。伝手《つて》を頼って、三人でも五人でも人を集めてもらい、その人たちに会って顔と名前を覚えてもらうのである。

公約やスローガンは、公認をしてくれることになっている党のほうで、あらかた用意をしてくれる。それに自分の考えたものをふたつかみっつ、くっつければいいのである。

勝つためにはそういった政策の勉強をするよりも、とにかく一票ずつ積み重ねていくしかないのである。

そのためにひたすら、嵐山代議士の弔《とむら》い合戦を訴えて嵐山派の票の離散を防ぎ、有権者の前に土下座《どげざ》をし、畳に頭をすりつけて、どうか鳥原を男にしてください、と泣く以外にないのである。

この泣き落としが選挙では一番効果を発揮するのである。そのことを過去の県議選を通じて、鳥原は体で知っていた。

泣き落としの戦術、泣きの一手は、特に婦人有権者に対して効力を発揮する。

難《むずか》しい政策や立派なスローガンをいくら並べても、婦人有権者にはそれほど通じないのである。

土下座をし、涙を流し、男にしてほしいと感情に訴えるのが、とにかく一番有効なのだ。

鳥原の泣き落とし戦術は効果を上げ、あちらこちらで鳥原後援会が誕生した。その中心は婦人層と青年層である。

熱心な支持者の婦人は、選挙が始まったらウグイス嬢として手伝うとか、事務所に詰め掛けて炊事を担当してあげますなどという無償奉仕を申し出てくれた。

鳥原は政策などの難しい話はいっさいしなかった。しろと言われても鳥原自身よくわからないのである。

鳥原は涙を流しながら、来たるべき選挙は嵐山代議士の弔い合戦であり、急逝《きゅうせい》した嵐山代議士のやり残したことを、国会の壇上で行なうために、ぜひとも自分も男にしてほしい、そう訴えるだけだった。

あとは選挙資金の調達である。選挙資金のほうは、大黒建設の長野副社長が中心になって業界からの資金集めをしてくれていた。

また、嵐山の第一秘書だった岡本が嵐山代議士の東京後援会を駆け巡《めぐ》って、嵐山後援会の看板を、鳥原十三郎後援会の看板に書き替え、資金援助を依頼して回ってくれた。

そうやって鳥原は着々と総選挙へ向けて準備を固めていったのである。

4

総選挙の一ヵ月前に、鳥原後援会は正式に旗揚《はたあ》げをした。

各地に出来た鳥原後援会の連合体である。

鳥原後援会の会長を引き受けたのは桑野県議である。桑野県議は鳥原の支持を受け、県会の副議長の要職にあった。

しかも、東京で若い女を紹介してもらったために、鳥原には頭が上がらない。

選挙の事務長は、県連合青年団長の池中が引き受けることになった。

これまた、東京で義兄弟になったために、鳥原が頼むよ、と言うと引き受けざるを得なかったのだ。

後援会の顧問は、嵐山代議士未亡人の春代と北原市の坂野市長が就任した。

春代未亡人も次郎の擁立をあきらめてからは、鳥原支持にならざるを得なかった。

選挙が近づくと、嵐山代議士の第一秘書であった岡本は、東京で軍資金の調達に奔走《ほんそう》し、地元では丸山秘書が鳥原のために票集めに奔走してくれたのである。

党の公認は、牧村幹事長が引き受けてくれた。選挙戦に突入したときの選挙カーには、ウグイス嬢として、元バスガイドの小島静代《こじましずよ》と女子大生の大沢幾子《おおさわいくこ》が乗ってくれることになった。

小島静代は二十八歳の主婦で、夫はタンカーの船員で日本を離れていることが多かった。二人の間に子供はまだない。

小島静代は、涙を流して、この鳥原を男にしてほしいと訴える鳥原の姿に感動をして、マイクロフォンを握ると申し出てくれた女だった。

大沢幾子は二十歳。やはり鳥原の座談会に出て、涙を流しながら、男にしてほしいと叫ぶ鳥原の姿に感動をして、ウグイス嬢になると申し出てくれた女だった。

選挙事務所を手伝う女性たちは、次々と無償奉仕を申し出てくれた。

選挙事務所は、北原市の中心地に、坂野市長の肝煎《きもい》りで、土地所有者が空地を提供してくれた。

その土地に大黒建設が急造のプレハブ住宅を建てる。それが鳥原の選挙事務所になった。

選挙に出馬をする顔ぶれも早々と決まった。

選挙区の定員は四人。そこに保守党は四人の公認候補を立てることになった。

現職の長岡、升田のふたりに新人として鳥原と県知事の小野、この四人を公認としたのである。

そこに革新が二名の候補者を立ててきた。ひとりは前代議士で落選中の古谷《ふるや》。もうひとりは三十五歳の新人の久島雄大《くじまたけひろ》だった。

保守四人、革新二人の六人が、四つの議席を争うことになったのである。

革新ふたりの票の調整がつけば、ふたりとも上位で当選し、保守の四人のうちのふたりが落選する。

それが地元新聞の下馬評《げばひょう》であった。

しかし、落選中の古谷元議員が票を取りすぎると、新人の久島がわりを食い、革新がひとりになり、保守四人のうちの三人が当選をするだろう、という見通しも一方にはあった。

しかし、その場合、保守四人のうちの誰が落選の貧乏くじを引くのかは、新聞も見当がつかないようだった。

それほど保守四人の実力は伯仲《はくちゅう》していたのである。

誰が当選しても、誰が落選してもおかしくない選挙になる。

一般の有権者もそう見ていた。

激しい選挙が予想された。

六人が当落線上にある、そういっても過言ではなかった。

それだけに選挙の告示を控えて、日一日と緊張が高まっていった。

鳥原は事務長の池中、嵐山代議士の第一秘書だった岡本、地元秘書だった丸山、それに北原市の坂野市長の五人で最後の詰めを行なった。

選挙戦に突入すれば、候補者は選挙事務所の立てたスケジュールに従って選挙カーに乗り、選挙区内を移動しなければならない。

こまごまとした打ち合わせをしている時間的なゆとりはなかった。

選挙は事前に腹心に選挙資金を委《ゆだ》ね、方針を立てて選挙に臨《のぞ》まなければならない。

それが理想的な体制である。

鳥原は最後に、会計責任者に学生時代からの親友の室田建材の室田を据えた。

室田に選挙資金をすべて託すことにしたのである。

そうやって鳥原は選挙戦に突入した。

5

選挙戦の初日――。

鳥原は選挙事務所の前で、午前十時に第一声を挙《あ》げた。やはり泣き落としてである。

選挙カーに乗ったのは、助手席に候補者の鳥原、うしろの席にウグイス嬢の小島静代、そして、後援会長の桑野県議である。

選挙区を移動し、その場所場所で桑野県議の代わりに有力者が乗り込んで来ることになっている。

鳥原は予《あらかじ》め決められた場所で選挙カーを駐《と》め、土地の有力者が狩り出してきた人々の前で演説をしてまわった。

夜は各地で開かれる個人演説会を行ない、選挙管理委員会が主催をする立会い演説会を消化するのである。

したがって、どうしても立会い演説会が行なわれる周辺で、個人演説会を一晩に三ヵ所、ないし四ヵ所も持つことになる。

その個人演説会は、候補者の立会い演説会の登壇《とうだん》時間をにらみ合わせてスケジュールを組み、各会場を駆け回って演説をするのである。

そういった激しい選挙に携《たずさ》わるものは、運命共同体的な、奇妙な錯覚に陥《おちい》り、興奮した状態で同志的な連帯感を感じるようになるものである。

男女の間で、それが一歩進むと、たちまち深い関係に入ってしまう。

選挙事務所は、若い運動員の激しい恋の場であり、中年の男女の不倫の場でもあり、おいらくの恋が芽生《めば》える場所でもある。

選挙区は広い。夜十時半頃に終わる個人演説会を終えて、いったん北原市まで帰り、翌朝六時から、再び、街頭演説に出るということは不可能な場合が多い。

そういったときは、個人演説会が終わった最終地で宿泊をすることになる。

翌朝はそこから街頭演説を始めるのだ。

宿に泊まればウグィス嬢が、あれこれと身辺の世話をしてくれる。

夜食の準備から、下着の取り替え、ときには浴衣の着替えなども手伝ってくれる。

人妻の小島静代は、鳥原のそういった世話をやいているうちに、すっかり鳥原の妻になったような気分になってしまったようである。

鳥原も眠れないままに興奮を押さえるために静代を求めた。

選挙に突入して一週間目に、鳥原は浴衣の着替えを手伝ってくれていた静代の手を無言で引き寄せたのである。

静代は鳥原の胸に顔を伏せ、夜具の上に崩れ落ちた。

「いいかね」

そう言ったときに、すでに鳥原の手は静代のセーターの下に潜《もぐ》り込み、盛り上がった乳房をつかんでいた。

静代は目をつぶり、小さくうなずいた。

鳥原の手はスカートの中に忍び込み、パンストの中に入り、女芯を探った。

静代の女芯は、熱い蜜液をあふれさせていた。指先が蜜液の中におぼれかけている芯芽を探り出す。

「ああ」

静代は声を出し、その声を抑えるようにあわてて鳥原の唇を求めた。

鳥原はパンストとパンティを一緒に脱がせた。

静代の密生した茂みが蜜液に濡れていた。

自分もパンツを脱ぐ。

「ああ、あんたが好きだよ」

鳥原は静代の女芯を指で探りながらうわごとを言うようにつぶやいた。

本当に静代が好きだったかどうかは、鳥原にはわからない。

人妻の体を抱くためには、儀礼的にもそう言うべきだと思ったのかもしれない。

選挙戦が始まる前から、鳥原は口から出まかせを言い続けていた。

すべては選挙に勝つための方便《ほうべん》である。

それが静代を抱く間際《まぎわ》にも唇をついて出た「あんたが好きだよ」というセリフになったのかもしれない。

「ああ、わたしも先生が好きです」

静代はあえぎながら言った。

静代の言葉は少なくとも鳥原よりも真実だったといえる。

その証拠に、静代の女芯は夫に言い訳が立たないほどぐっしょりと濡れそぼっていた。

鳥原はあわただしく体を重ね、静代とひとつになった。

「ああ」

静代は震《ふる》える手で、鳥原の体を抱き締めた。

「先生が好きです。どうしても当選して」

あえぎながら言う。同時に女芯が欲棒を強く締めつけた。

それは十代のチエミやミツコにない、心が満たされる交《まじ》わりであった。

チエミやミツコの場合は、若い女を抱いたという満足感はあっても心の交流はまったくない。

「あんたが好きだよ、静代さん」

鳥原はうわごとを言うようにそう言いながら、静代を抱き締め、激しく出没運動を行なった。静代の女芯が強く欲棒をとらえ、女体に痙攣《けいれん》が走った。

鳥原の出没運動にこたえて静代は腰を使った。

夫と長期間別れている静代は熟れた女体を持て余していたようだった。

しまいに女芯が欲棒を締めつける。

静代が背中をグィッと持ち上げる。

「イク」

低い声が静代の唇をついて出た。

同時に鳥原は甘美な陶酔に襲われ、男のリキッドを人妻の中に放出した。

激しい選挙戦の最中であることを忘れさせる甘いひとときであった。

鳥原が結合を解くと、静代はノロノロと体を起こしタオルで鳥原の欲棒と、自分の股間をぬぐい、パンティとパンストをまるめると、そっと部屋を出て行った。

6

翌日、静代は何もなかったようにいつものようにウグイス嬢をつとめた。

しかし、時折、鳥原を見る目は、情を通じたものだけにわかるやさしさを持っていた。

ウグイス嬢は静代と大沢幾子が交代につとめることになっている。

鳥原は事務長の池中に言って、遊説《ゆうぜい》先で泊まるようなときは、必ず静代をつけるようにと言った。

「女子大生を外泊させるわけにはいかないからな」

鳥原はそう言った。

池中はニヤニヤしたが何も言わなかった。

情勢は混沌としたまま、中盤から終盤を迎え、投票日を迎えた。

投票日には有権者の狩り出しを行なう。

投票が締め切られると、夜に入ってから選挙事務所には有権者たちが次々と詰め掛けて来た。

人事は尽くした、あとは天命を待つのみ、というのが鳥原の心境だった。

「大勢が判明するのは午前零《れい》時を過ぎてからだろう。だから候補者が事務所に顔を出すのは、午後十一時頃でいいんじゃないかな」

会計責任者の室田は事務所の中をウロウロしていた鳥原に言った。

「目障《めざわ》りだからしばらくどっかに行ってくれないか」

そうも言う。

「それじゃ、身柄はわたくしがお預かりしますわ」

選挙期間中ウグイス嬢をつとめた小島静代が室田にそう言った。

「ああ、すまん。それじゃ午後十一時くらいまで預かってくれないか」

「それじゃ、先生、まいりましょう。わたくし車を出しますから」

静代は鳥原をうながすと、選挙事務所の裏口から外に出た。

選挙事務所の裏に駐めていた自分の車に鳥原を乗せ、市内の料理屋に連れて行く。

料理屋の奥座敷に通されると、静代は料理と酒を頼んだ。

「ちょっと秘密の話がありますから、ここには誰も来させないでね」

料理と酒が運ばれて来ると、静代は仲居にそう言った。

「はい、ごゆっくり」

仲居は襖《ふすま》を閉めると部屋を出て行った。

「奥の部屋に行きません？」

静代は誘う。

奥の部屋には夜具の用意が出来ていた。

そういう料理屋だったのだ。

「この間まではあわただしかったけど、今夜は時間もたっぷりあるし、じっくりかわいがられたいの」

静代は言う。

鳥原は曖昧《あいまい》にうなずいた。

選挙事務所に集まって来ている有権者たちや、支持者たちのことを考えると、こんなところで静代といちゃついていいのかとも思う。

しかし、午後十一時まで何もすることがないのも事実であった。

静代は鳥原の着ていたものを脱がせた。

たちまち鳥原はパンツ一枚になる。静代はそのパンツまでも脱がせた。

裸にした鳥原を先に夜具に横たえる。

それから静代は着ているものを脱いだ。

ブラジャーも取りパンティも取る。

静代もたちまち生まれたままの姿になった。

鳥原は静代の裸を見るのは初めてだった。

選挙期間中の情交は、いつもスカートをめくりあげ、パンティを脱がして行なうあわただしいものだった。

静代はいかにも人妻らしい丸みを帯《お》びた、成熟した肉体の持ち主だった。

乳輪と乳首がピンク色なのは出産を経験していないからだろう。茂みはあたかも女の生命力の強さを誇示するように、広い面積に黒々と密生していた。

「やっと先生とゆっくり出来るのね」

静代は夜具の中に入って来ると、裸の体をからませてきた。

「ご主人は、今ペルシャ湾の方かね」

「あら、いやだ。選挙事務所にいましたのよ」

「えっ?」

「開票速報の張出しを手伝うんだって言って張り切っていますわ」

静代は笑った。

「いいのかね」

鳥原は静代の乳房をつかみながら目の中をのぞき込んだ。

「わたしの体は先生のものよ。わたしには夫よりも先生が大事」

静代は歌うように言った。

「君には感謝をしているよ」

鳥原はそう言うと、夜具に潜り込んだ。

茂みを探し求めて女体に唇をはわせる。

女の匂いが女芯のありかを教えてくれた。その匂いを頼りに、鳥原は女芯を探し当て、くちづけをした。

舌で女芯の亀裂《きれつ》を探る。女芯は磯の香りと味がした。

濃厚な塩味である。

鳥原は女芯に入念に舌を使った。

「ああ」

静代は大きい声を出した。

その声は隣りの部屋に筒抜《つつぬ》けになるくらいボリュームがあった。

途中で鳥原は掛蒲団《かけぶとん》を撥《は》ねのけた。

選挙直前から選挙期間中を通じて、妻を抱いたことは一度もない。

その間、妻の代理をしてくれたのが静代であった。その静代の裸を瞼《まぶた》に焼きつけながら、女体をくまなく唇で愛撫し、歓声を上げさせる。

「ああ、先生が好き、先生のことがとっても好き」

愛撫を受けながら、うわごとのように静代は叫ぶ。

鳥原は女芯から湧き出る蜜液と、自分の唾液《だえき》で女体全体を好色な匂いにして、最後に静代を貫《つらぬ》いた。

「ああ」

前戯が入念だったせいもあって、ひとつになった瞬間から静代の体に痙攣が訪れた。

静代はそのままぐいぐいと昇りつめていく。

鳥原は、そんな静代を眺めながら、頭の片隅で、選挙事務所に集まって来る支持者たちを思い浮かべていた。

そのためになかなか爆発点に到達しない。

「わたし、もうだめ、イク……」

静代は背中を持ち上げると、大きくのけ反《ぞ》った。女芯を収縮させながらクライマックスに昇りつめる。

鳥原は一緒に爆発することが出来なかった。

どこか肉体の一部が醒《さ》めているのである。

静代はたて続けに三回クライマックスに達した。その三回目で、ようやく鳥原も爆発を迎える。鳥原が男のリキッドを放出して結合を解いたとき、静代は夜具の上でぐったりとなっていた。

奥座敷には浴室もついていた。

鳥原は浴室に入って体を洗った。

選挙期間中の垢《あか》をすべて洗い流すように、頭からきれいに洗う。髭も剃《そ》る。

さっぱりして浴室を出ると、静代はまだ夜具の上で裸で伸びたままだった。

鳥原は身仕度をすると座敷に戻り、冷えた料理に箸《はし》をつけた。冷えた酒を飲む。

小一時間ほどたったとき、奥の部屋から静代がフラフラと現われた。

静代は身仕度をしていたが、乱れた前髪が汗ばんだ額にこびりついて、情事の直後であることは一目瞭然《いちもくりようぜん》だった。

「もう少し休んでいこう。その感じじゃ、ご主人に一発でバレてしまう」

鳥原は言った。

「先生が素晴らしすぎるからいけないのよ」

静代は崩れ落ちるように鳥原のそばに坐り、肩に頭を載《の》せて甘えた。

「バレてもいいわ。わたし夫なんか怖くない」

そう言う。

「やはりバレちゃまずいよ。ご主人に満座の中で食ってかかられるとぼくも困る」

鳥原は言った。

「あら、先生に食ってかかるような、そんな度胸は、うちの夫にはありませんわよ」

静代は笑った。

7

午後十一時過ぎに、鳥原は選挙事務所に顔を出した。

鳥原は表から入り、静代は裏口から入ったので、二人が一緒だったということがわかったものはいない。

選挙事務所は支持者たちの熱気が立ち込めていた。

掲示板の得票は六人の候補者が四万票台で、ほぼ一線に並んでいた。

テレビも当確を打ち出しかねていた。

あまりにも接戦が続くので、支持者たちは興奮し、目を血走らせていた。

つけっぱなしにしているテレビから次々に当選や当確が決まった選挙区の状態が伝えられてくる。

何台もある事務所の電話はひっきりなしに鳴り、開票所からの速報をテレビより早く伝えてくる。

午前一時を過ぎて、革新の古谷が混戦を抜け出した。すかさずテレビが当確を打つ。残り五人は横一線に並んでいる。

しかし、横一線に並んでいる五人の中からテレビは、早々と前知事の小野の当確を打ち出した。

残り議席は二つになったのである。

「そんな馬鹿な――」

事務所に詰めていた支持者の中には怒り出すものもいた。

「どうして票が同じで小野だけが当確なんだ」

そう怒鳴る。

「テレビ局の情報とか、これから先の票の開く開票区の候補者の強弱から割り出したんだろうね」

そう言う選挙のベテランもいた。

三番目の長岡の当確が出たのが午前三時前だった。

開票はすでに九十五パーセントを終わっていた。残りの五パーセントで、鳥原と升田と久島のうちのひとりが当選をするのである。

当選の確率は三分の一である。鳥原は自分が必ず当選する、という確信を持てないまま、不安そうに開票速報板を見上げていた。

鳥原と升田は八万五千票台で横一線に並び、久島が八万三千台とわずか二千票差で追っていた。

テレビ局が当確を打ち出した、古谷、長岡、小野の三人は、鳥原と升田の得票より二千票ほど上回ったところで少しずつその差を広げようとしていた。
落選が決まると、事務所に詰めかけていた支持者はあっという間にいなくなるものである。しかし、三時半を回っても、詰めかけていた支持者は誰ひとり事務所から出て行こうとしなかった。
みんな鳥原の当選を信じて、その瞬間を待っているのである。
午前五時過ぎに百パーセント開票は終了し、第四位に鳥原はすべり込んだ。
最下位で当選したのだ。
次点になった升田との得票差はわずか百三十六票、まれに見る激しい選挙戦だった。
最終得票は、
一位古谷　98864票
二位小野　95228票
三位長岡　90137票
四位鳥原　88971票
次点升田　88835票
次点久島　87087票
だった。

外が白《しら》みはじめた事務所の中で、鳥原は疲れはてた支持者たちの万歳を受け、涙を流しながら頭を下げた。

この瞬間は本当の涙があふれ出た。

あまりにも激しい選挙戦に、みんなくたびれはててしまっていた。

静代の夫は、疲れはて、落ち込んだ目をしている妻が鳥原に抱かれ歓喜の声を上げていたことなど爪の垢《あか》ほども疑った様子は見せなかった。

当選の瞬間、インタビューをはじめたテレビ局のアナウンサーもげっそりと疲れはてていた。

8

鳥原は自宅に帰って二時間ほど仮眠をすると、すぐに起き出した。

坂野市長宅をはじめ、主だった支持者のところに当選の挨拶まわりをするためである。

「大変な選挙だったね。ぼくも開票を見ていて命が縮まったよ」

坂野市長は自宅の応接間で鳥原を迎えると、白い歯を見せながらそう言った。

「おかげさまで……」

鳥原は深々と頭を下げた。

「革新で落選中だった古谷さんが、ちょっと票を取りすぎたんだな。あれで久島に流れる分が少なくなった。だから革新が一人だけの当選ですんでしまったんだが、もっときちんと票分けをさせていたら、鳥原先生も危ないところでしたな」

そう言う。

「おっしゃるとおりです。幸運でした。次点になられた升田さんには申し訳ありませんけど、やはり嵐山先生の、あの世からの応援があったんでしょう。運がよかったと思います」

鳥原はそう言った。

「あなたの戦術がよかったんですよ。難しいことは言わず、泣きの一手で戦った。弔《とむら》い合戦とそれから男にしてくれというあなたの泣き。これであなたは女性票をしっかりつかんでしまった。だから勝ったんですよ」

坂野市長は言う。

「そうですねえ。女性の皆さんにはずいぶん助けられました」

「次が怖いですよ」

坂野市長は声をひそめた。

「女性はヤキモチがひどいですからね。鳥原先生が特定の女とスキャンダルを起こしたりしたら、次はみんなソッポを向きますよ。くれぐれも身辺はご清潔に」

坂野市長はそう言うとにやりと笑った。

「おっしゃるとおりです」

そう言いながら、鳥原は東京のチエミとミツコ、ウグイス嬢をつとめてくれた静代の顔を瞬間的に脳裏《のうり》に思い浮かべた。

どの女との情事も、選挙区の有権者、特に婦人層には知られてはならないことである。もしも女たちが自分との関係をバラすと言い出したら、おれは確実に殺してしまうだろうな……。

そんなことも思う。

「百三十六票で鳥原先生に負けて次点になった升田先生のところは、きょうから次の選挙の巻き返しに入るそうですよ。次回は十万票以上取って、最高点を目指す。升田先生は、今朝、落選が決まったとき、選挙事務所で、泣きながら支持者にそう約束をされたそうです。升田先生のところに出しておいた部下から、そう連絡がありましたよ」

坂野市長は言った。

「次点の升田さんが、次回に最高点を取れば、上から順番にひとつずつつくりさがるわけですからね。そうすると一番危ないのは、鳥原先生、あなただ」

「そのとおりです」

「勝利の美酒に浮かれちゃいけませんよ。次の選挙をどうするか、今からその対策を立てたほうがいいと思いますよ」

坂野市長はそう言った。

「勝って兜《かぶと》の緒《お》を締めよ、です。ふんどしを締め直して、きょうから新しい気持ちでやります」

鳥原はそう言いながらも、その言葉が自分自身うつろに感じられてならなかった。

選挙に入ってから、有権者に対して何ひとつ真実をしゃべっていないことに気がついたからだ。

しかし、真実でなくても、そう言わなかったら今回の選挙戦で見事に鳥原は敗北の憂《う》き目を見ていたであろう、と思う。

「ところで、鳥原先生、奥さんはどうなさるのですか。東京へ連れて行かれるのですか」

坂野市長は尋ねた。

「ええ、そのつもりでいます。当分の間、家内を第一秘書にして……」

「ああ、いけませんよ、それは」

坂野市長は首を振った。

「奥さんは国家老として、あるいは人質としてこちらに残しておきなさい。選挙区の留守を守らせるんですよ。一緒に東京なんかに出て行ってごらんなさい。二人でイチャイチャしている、そういうふうに言われて反発されるだけですよ。特に婦人票は大幅に減るでしょうね」

　坂野市長はそう言う。

「それじゃ単身赴任で」

「それがいいですよ。サラリーマンが単身赴任をするように、ひとりで東京に出られたほうがいい。それから金帰火来《きんきからい》、それを守ってください。当選を三回するまでは選挙区から目を離しちゃいけません。特に次の選挙は一番危ない選挙ですから、奥さんを連れて東京で楽しい生活をしようなんて考えたら、それで終わりですよ」

　坂野市長はそう言った。

「いろいろと有意義なお話をありがとうございます。これからもひとつご指導をよろしくお願いいたします」

　鳥原は深々と頭を下げた。

　本来なら市長が代議士に頭を下げるところである。しかし、鳥原にとっては、坂野市長は亡くなった嵐山代議士の同級生であり、先輩ともいうべき政治家である。

　鳥原は頭を下げることにまるでこだわらなかった。

六章　秘書

1

鳥原は衆議院議員に当選し、衆議院議員会館に部屋を与えられた。

鳥原はさっそく議員秘書を事務局に届けなければならないことになった。

鳥原は妻を第一秘書として届け出をし、東京の議員宿舎に住まわせるつもりだった。

しかし、坂野市長の意見を入れてそれを中止にした。

妻も選挙区を守ることを了承してくれた。

とりあえず鳥原は、大黒建設の長野副社長に頼んで、大黒建設の秘書課の社員を二人借りて、第一秘書と第二秘書にした。

正式に秘書が見つかるまでという約束である。

国会が召集され三日ほどすぎたときだった。

議員会館の鳥原の部屋に、ウグイス嬢をつとめてくれた、人妻の小島静代がひょっこりと訪ねて来たのだ。

「夫がタンカーに乗ってまたペルシャ湾に向かいましたので、その見送りに横浜まで来ましたの」

静代はそう言った。

「夫はけさ、出航しましたのよ。だから、二、三日東京でのんびりしていこうかと思っています」

　大黒建設の秘書がいるので、静代は他人行儀《たにんぎょうぎ》なものの言い方をした。

「選挙のときには大変お世話になったし、それでは、今夜、食事でもいかがですか」

　鳥原も他人行儀な言葉を使う。

「よろしいんですの？　先生はお忙しいんでしょ」

　そう言いながらも、静代には鳥原に抱かれるのを期待している様子がありありと滲《にじ》み出ていた。

「午後六時から派閥の親分に呼ばれておりましてね。夕食会はあるんですが、一時間ほどで抜け出しますよ。午後七時に赤坂東急《とうきゅう》ホテルのロビーで待っていてくれませんか。お迎えにまいります」

　鳥原はそう言った。

「ご無理をなさらなくてもいいのですよ」

　静代は言う。

「いや、たまには息抜きをしませんとね」

　鳥原は笑った。

「赤坂東急ホテルのロビーですね。午後七時に」

静代は念を押すと腰を上げかけた。

「でもそれまでわたしどこにも行くとこないんだわ。ここで秘書さんのお手伝いさせていただいてもいいかしら。電話番でも」

そう言う。

「どうぞ、どうぞ、お願いしますよ」

大黒建設から出向している二人の秘書は、喜んでうなずいた。

元バスガイドだけあって、静代の電話の応対は非常に切れがよかった。

応対もなかなか上手である。

鳥原はそんな静代を見ながら、このまま秘書をやってくれたらいいのに、と思った。

しかし、静代は選挙区の人妻である。まさか夫の留守中だけ、議員会館で秘書をやってもらうわけにもいかない。

鳥原は代議士に当選してからは、チエミやミツコには一度も会っていなかった。

未成年の女の子と遊ぶには、襟《えり》のバッジが邪魔になる。

たとえバッジをはずしても、新聞記者や同僚議員の秘書などに顔は売れている。

悪いことをすればすぐに表に出るものだと覚悟しておく必要がある。

鳥原は静代を選挙区の有権者だ、と思うことにした。有権者を接待するのであれば、誰はばかることもない。

牧村の主催する派閥の夕食会に出席したあと、鳥原は約束の時間に十五分ほど遅れて赤坂東急ホテルのロビーに出掛けた。

ロビーの隅で静代が腰を下ろして待っていた。

「いやぁ、ごめんごめん、遅くなっちゃって」

二人きりになると、もう他人行儀な言葉はいらない。

「わたし、振られちゃったかと思ったわ」

静代も遠慮のないしゃべり方をする。

「ところで今夜どこに泊まる?」

「決めてないわ」

「それじゃ、ここに泊まれよ。ぼくが部屋を取ってやる。三泊ぐらい、いいんだろ」

「はい、お願いします」

静代はうなずいた。

鳥原はフロントに行ってダブルベッドの部屋を秘書の名前でとった。三泊するからね、と言う。

「何か食べたいものは?」

キイをポケットに入れながら鳥原は静代に尋ねた。

「何でもいいわ」

静代はそう言った。

「食べ物より、わたし先生に会いたかった」

じっと鳥原の目を見つめて言う。

その目がうるんでいた。

危険な目だな……。

鳥原はそう思った。

「それじゃ、ここの一番上に《マルコポーロ》というレストランがある。そこで適当に何か食べようか」

「ええ」

「外をウロウロすると、選挙区の誰に会うかわからないからな」

「わたし、邪魔が入るのいやよ。今夜は」

「だから出歩かないことにしよう」

「そうね」

「キイは君が持ってろ。もしも知り合いに会ったら、さよならとおれは別れる。あとでこっそりと君の部屋に行くから」

「わかったわ」

静代はキイを受け取った。

最上階のレストランで鳥原はフランス料理のフルコースを取った。

「フルコースじゃなくてアラカルトでいいのに」

静代は言った。

「そう言うなよ。これでもバッジをつけたらつけたなりに見栄をはらなきゃいけないこともあるんだ」

鳥原は言った。

「それじゃ、ありがたくご馳走になるわ」

静代はにっこり笑った。

2

ピアノの演奏を聞きながらオードブルからスープ、アントレと料理は進む。

「君が秘書になってくれたら一番いいんだけどな。秘書がいなくて困ってるんだよ。君の電話の応対なんか、きょう、隣りの部屋で聞かせてもらったけど、なかなかうまいものじゃないか」

鳥原は食事が終わりになる頃そう言った。

「わたし、先生の秘書になりたいわ。本当に秘書にしてくださる?」

「してもいいけどさ。君は選挙区の人妻だし、やっぱり東京に出て来るわけにはいかないだろ」

「人妻やめてもいいのよ」

「人妻をやめる？」

「離婚しようかと思ってるの」

「だってご主人、君のこと愛してるんだろ」

「でも子供は出来ないしさ、昔、外国で悪い女に引っ掛かって、それで子供が出来なくなっちゃったみたいね。そんな種《たね》なし西瓜《すいか》と一緒にいてもつまんないし」

静代はそう言った。

静代が滞在した三日間は、鳥原にとってきわめて充実した日々であった。

鳥原は初当選以来、禁欲状況に置かれていた。しかも、夜毎の派閥の会合で料亭に行けば、必ずといっていいほどスッポンスープがつく。

精力剤のスッポンスープを飲みながら禁欲生活を強《し》いられるというのは、まことに不合理なことである。

料亭などで同僚議員をさり気なく観察すると、健啖《けんたん》家がじつに多い。ものすごい食欲で、出されたものはあらかた胃袋に収めてしまうのだ。

頑丈《がんじょう》な胃袋こそが、政治家の条件のひとつである。そんな印象すら受ける。

栄養のつまった料理を腹いっぱい食べるのだから、どうしても政治家の体は脂《あぶら》ぎった体格になっていく。

鳥原は、三日間、毎晩、静代の中に、たまりにたまっていた男のエネルギーを思い切り吐き出した。

選挙区に帰れば帰ったで、鳥原は有権者の監視の目の中に置かれる。

自宅にはボランティアや有権者がわがもの顔で出入りをしているので、プライバシーなどは存在しないといってもいい。妻と寝室を一緒にすることなど論外であった。

別々の部屋に別々の時間に眠る。そうしなければ有権者は承知しないのである。

聖人君子《せいじんくんし》ではない、ごく当たり前の欲望を持った男たちが、政治家というだけで禁欲状態を強いられる。そんな状態に置かれて精神的な軋《きし》みが出ないほうが不思議であった。

しかし、有権者たちは政治家に、聖人君子のような生活を要求して来るのである。

特に有権者の中心が婦人層になってからその傾向は強くなった。

以前は、へそから下のことは関係ない。そう言い放って好きなことをする政治家も多かったが、今はそれでは政治家はやっていけないのだ。

「先生の馬力にはまいっちゃうわ」

いよいよ別れるという朝、ベッドで静代は大儀《たいぎ》そうにそう言った。

「三日間で何回したと思う？　先生」

一糸まとわぬ姿で背伸びをしながら、静代は鳥原を見た。

「三日間でか」

「そう」

「四、五回じゃないか」

「とても、とても。三日間で十回よ。わたし、あそこがヒリヒリしてきちゃった」

静代は体をくねらせて笑った。

鳥原はまだ余裕があった。

出来ればもう二、三日東京に泊めて、この女体をむさぼりたい。

そう思う。

しかし、鳥原自身も選挙区に帰らなければならない日が近づいてきた。

金帰火来、金曜日に選挙区に帰って、火曜日に東京に来る。

これが代議士の生活の基本である。

「ねえ、本当にわたし離婚したら、東京の秘書にしてくれる?」

静代はそう言う。

「ああ、してやるよ。しかし変な別れ方をしちゃだめだぜ。おれにとって最大の敵はスキャンダルなんだ。スキャンダルになったら、おれの代議士の椅子なんかどこかにすっ飛んでしまう。次には升田さんが巻き返しを図《はか》って、最高点当選をねらってくるからな。そうなって上から順番に押されてくると、ただでさえわりを食うのはおれだ」

鳥原はそう言った。

「大丈夫よ。変な別れ方なんかしないわ。わたしが夫と別れて路頭に迷って困っているところを先生が拾ってくれた。そういうふうに持っていけば美談になるわ」

静代は言った。

「男と女のスキャンダルを美談の陰に隠してしまうのか」

鳥原はフッフッフッと笑った。

「おれの秘書になって、下半身の面倒も見てくれると一番ありがたい」

「もちろん下半身の面倒も見て上げるわ。でも回数制限つけるかもしれないわよ。わたしこのままじゃ故障しそうだもの」

静代はそう言って大きく両足を開いた。

茂みの下の女芯が赤くただれかけている。

禁欲状態に置かれていた鳥原が、飽《あ》くことなくむさぼった成果が、そのただれかけた女芯に現われていた。

3

鳥原が代議士になって四ヵ月がすぎようとしていた。

金曜日に選挙区入りをした鳥原が、自宅のある北原市から離れた山間部で、国会報告会を行なって、夜遅く自宅へ帰って来たときである。妻が背広を脱がせながら、鳥原に話しかけた。

「選挙カーのウグイス嬢をやっていた小島静代さんって方、覚えてらっしゃる」

「ああ、知ってるよ」

ぎくりとしながら鳥原はさり気なくうなずいた。

「彼女元気なんだろ。ご主人がタンカーに乗ってるって言ってたけど」

「それがね。そのご主人と離婚しちゃったのよ」

「ほう。性格の不一致というやつかね」

「どうもそうみたいね。夫婦のことはわからないけど」

「それで別れてから勤めにでも出たのかね、そのウグイス嬢」

「それが、別れてはみたもののお勤め先がないみたい。この間も、奥さん、どこかないでしょうかって、相談されたんだけど、わたしも困っちゃったわ。それで考えたのだけど、あの子、この北原市を離れたがっていたし、あなたの東京の事務所でも手伝ってもらったらどうかしら。秘書が要《い》るのでしょ」

妻は言う。妻の口からその言葉が出るとは鳥原も思ってはいなかった。

「そんなに困っているなら、まあ、東京の事務所を手伝ってもらってもいいんだけど、本当に北原市を捨てて、東京に出る気があるのかなあ」

「そうねえ。またあした相談に来るって言ってたから、わたし聞いておくわ」

「じゃ、そうしてくれ」

鳥原はそう言うと、興味がなさそうに風呂場に直行した。

もちろん、夫婦の会話は、鳥原の家に手伝いに来ているボランティアや支持者の前で行なわれた。それとなく聞き耳を立てて、夫婦の会話を聞いているものは多い。

これで鳥原が静代を秘書にしたところで、生活に困っていた離婚した女性を鳥原が拾ったということになる。浴槽に首までつかると、鳥原はにやりとした。

静代を東京の秘書にしてしまえば、下半身の問題で頭を悩ませることもない。

4

鳥原は火曜日の朝の飛行機で上京した。

金帰火来の場合、金、土、日、月の四晩は選挙区泊まりになり、火、水、木の三晩が東京泊まりである。

委員会の出席を終えて午後四時前に、鳥原は議員会館の部屋に戻って来た。

「あのう、チエミさんという女性の方からお電話が入りました。四時半頃、また、お電話をされるそうです」

大黒建設から出行している秘書が、部屋に戻って来た鳥原に言った。

「わかりました。今日はもう予定がないから、君たち帰ってもいいよ」

鳥原は二人の秘書にそう言った。

「それではお先に失礼させていただきます」

二人の秘書は喜んで議員会館の部屋を出て行った。

しかし、四時半になってもチエミは電話を掛けて来なかった。

チエミが電話を掛けてきたのは、午後五時少し前である。時間にルーズなところがいかにも若い女の子らしい。

「ああ、鳥原さん?」

チエミは言った。

「今度、代議士に当選したのね」

そう言う。

「ああ、おかげさんでね」

「今は議員会館というところにいるの？」

チエミは当選おめでとうとは言わなかった。代議士になることが、そんなにおめでたいことだと思っていないのだ。

代議士もサラリーマンも、チエミにはおそらく区別がつかないはずである。

「東京に来たら電話してくれるって言ったのに、全然、電話ないんだもん。それで、この間ミツコたちとしゃべってたら、ミツコが、鳥原さんがテレビに出たのを見たって言ったのよ。ほら、何だっけ、選挙開票速報だっけ。あれで鳥原さんが当選したっていうんで、鳥原さんの顔写真が出たって言うのね。それで、衆議院の事務局というところに電話して聞いたら議員会館に入ってるって言うでしょ。それで電話番号を調べて電話してみたの」

チエミはそう言った。

「ねえ、そこに遊びに行っていい？」

「いいよ。しかしここは、夜、そんなに遅くまでいられないんだよ」

「わかった。三十分以内にそこに行くわ」

「それじゃね、入り口で面会申込書というのに書くんだ。鳥原十三郎先生って。《用件》のところは《面談》でいいよ」

「うん、わかった」

チエミは電話を切った。

鳥原がチエミの体を利用したのは、池中ひとりではない。選挙戦が迫り、あと一票が欲しいというときには、好色な有権者たちを東京に連れて来て、チエミを抱かせ、忠誠を誓《ちか》わせたのだ。

チエミだけではなく、ときにはチエミの友人のミツコも動員した。

十代の若い女体が稼ぎだしてくれた票は、二百票ではきかないと、鳥原はにらんでいる。

言ってみれば、チエミもミツコも鳥原の恩人である。しかしそのチエミやミツコとは、当選以来、鳥原は没交渉だった。昔のことをいろいろと知っているチエミにはあまり近づきたくないという気持ちがあった。

そのチエミが先方から連絡を取って来たのである。

議員会館には来るなとは言えなかった。

三十分以内に来ると言ったけど、また一時間くらいかかるだろう。

鳥原はそう思って議員室の、ソファに寝そべって、ぼんやりとテレビを見ていた。

約束の三十分後に、議員会館の受付からチエミが訪ねて来たことを知らせて来た。

「どうぞ通してください」

鳥原は受付に言った。

数分後、チエミが鳥原の部屋に飛び込んで来た。

真っ赤なワンピースに黒いパンストという、きわめて目立つスタイルだった。どう見ても議員の秘書という感じではないし、訪問客でもない。鳥原は入り口のドアを内側からロックして、奥の議員室に招き入れる。議員室と秘書室との境のドアも閉めた。

窓にカーテンを下ろす。

「ここが鳥原さんの部屋？」

チエミは珍しそうに部屋の中を見回した。

壁ぎわには本箱が置いてあるが、本箱の中は四分の三ほど空《から》っぽである。

本らしい本はまだ何も入っていなかった。

「そうだよ。代議士になったらこれだけの部屋をくれるんだ」

「ふーん、代議士って儲《もう》かるのね」

チエミは言った。

「いや、儲かるわけじゃないよ」

「あら、儲からない仕事をはじめたの？　そんなことないでしょ」

チエミは言う。

「政治家ってとてもお金儲けが上手だって、新聞に書いてあったわよ」

「まあそうなるには、当選を五回も六回も重ねなきゃな。まだ駆け出しのペーペーには政治家なんて儲かる仕事じゃない」

鳥原は笑った。

チエミを見ていると、鳥原は体の芯がムズムズしてきた。

選挙区のいろんな男がチエミの肉体の上を通りすぎていった。

それは鳥原の頼みによるものでもあった。しかし、誰に抱かれようと、チエミはおれの女だという意識が鳥原の中にある。

「チエミちゃん、きょうはいいんだろ」

そう言う。

「いいって?」

「抱かれるんだろ、おれに」

「おこづかいくれる?」

「上げるよ」

「だったらいいわ」

チエミは白い歯を見せた。

「選挙の前には鳥原さんにだいぶ儲けさせてもらったもんね。今日はいいわ。五十パーセント割引きにしてあげる」

チエミはそう言って鳥原を苦笑させた。

「どこかのホテルに行く？　それともここで？」

チエミは鳥原を見た。

客が訪ねて来る予定はない。秘書が戻って来ることもないだろう。わざわざホテルを取って場所代を使うのは馬鹿馬鹿しい気がした。

一年生議員はなかなか貧乏である。政治献金が、降る雨のごとく入って来るわけではない。そうなるには、やはり甲羅《こうら》にこけが生《は》え、官僚を顎《あご》で使うようにならなければ無理である。

5

「ここでどうだい、チョコチョコッと」

「うん、わたしはいいわよ」

チエミはそう言うと、さっさと真っ赤なワンピースを脱ぎはじめた。

あっという間にブラジャーとパンストだけになる。もちろんパンストの下にはパンティを穿《は》いている。チエミはブラジャーを取り、パンストを脱いだ。パンティも脱ぐ。

たちまちチエミは生まれたままの姿になった。

「シャワーはついてないの？」

鳥原を見る。

「シャワーはついてないよ。ここでは泊まれないからね」

「あら、議員さんって泊まれる家ももらえるんじゃないの」

「議員宿舎のことだな」

「そうよ」

「議員宿舎はここじゃない。ここは議員会館だ。いわゆるオフィスだね。だからシャワーはない」

「なーんだ」

チエミはがっかりした。

「じゃ、議員さんたち急にしたくなったら困るじゃない」

「まあ、急にしたくなる人はいないだろうけどね」

「ふーん、ここじゃ、そういうことしないの」

「したやつ、いないだろうな」

「じゃわたしたちが、初めてする人間なの?」

「どうもそうらしいよ」

「わあー、記念すべきことなのね」

「そうだよ」

鳥原はうなずきながら、背広を脱いだ。ズボンも脱いですっ裸になる。

裸になりながら議員会館の部屋で女を抱いた代議士は、まずいないだろうな、と改めて思う。

「わたし、声を出していい?」

「だめだよ。声を出しちゃ。隣りの部屋に聞こえたら大変なことになる。廊下に漏《も》れても大変なことになる」

「大変なことになるの? だって代議士だって男でしょ。ときには女を欲しくなる。どうして欲しくなった女を抱いてはいけないの」

「そういうことになってるんだ。代議士は女を抱いちゃいかん。それがわれわれ政治家に求められているモラルというものだな」

「それじゃ、インポばかりで政治やったらいいじゃない」

「まあそれもそうだけど」

「どんな形でする?」

チエミは鳥原を見た。

鳥原はソファに浅く腰を下ろした。

「来いよ」

チエミに手を伸ばす。

チエミは鳥原に向かい合って、膝の上に腰を下ろした。その腰を持ち上げさせて、鳥原は結合する。いわゆる茶臼《ちゃうす》という形である。

チエミの中は温かく濡れていた。ゆるやかさは気にならない。

少女から女になりかけている、女の体臭が結合した部分から立ちのぼった。

「議員会館でした人、これまで本当にいないのね」

「いないと思う」

「わあ、わたし、みんなに自慢しちゃおう。議員会館で代議士としたって。これ、申請すればギネスブックにも載るんでしょ」

「変なこと申請してくれるなよ」

鳥原はそう言いながらチエミの腰を持って動かした。

「ああ、いい」

チエミは大きな声を出す。

「声を出すなってば」

鳥原はチエミの口をふさいだ。

「だって、いいものはいいもん」

「わかってるよ。とにかく声は出さないでくれ」

鳥原は哀願した。

途中からチエミを後ろ向きにさせ、バックから結合する。

鳥原はそのまま激しく動いて、たちまち爆発点に到達した。

チエミは女芯をヒクヒクと収縮させながら、鳥原の爆発を受け止めた。

「シャワーがないと、あとが不便ね」

結合を解くと、チエミはティッシュペーパーを女芯にあてがって、その上からパンティを穿いてパンストで押さえた。

室内には手を洗う水道が一ヵ所ついているだけである。チエミはそこで手を洗った。

「今度議員宿舎のほうに泊まりに来るか」

「うん、行かせて。わたし、どんなところか一回泊まってみたいの、議員宿舎って」

「よし、電話番号を教えておいてやる。泊まりたくなったら電話して来い。都合がよければ入れてあげるよ」

「ねえ、そこ夜中に行ってもいいんでしょ。たとえばさ、わたしたちが飲んじゃって、家に帰るのが面倒臭《くさ》いってときに泊めてくれる？」

「いいよ」

「またミツコと泊まってもいい」

「いいよ、そのときは三人でしよう」

鳥原はニヤニヤした。

「ああ、よかった。鳥原さんが代議士になって。わたしたちも大手を振って泊まれるところが出来たもんね」

チエミはそう言った。この子たちにとって、代議士なんてただの宿の提供者が出来たくらいのことかもしれないな……。

鳥原はそう思って苦笑した。

「でもね、チエミちゃん」

「なあに?」

「あまり方々で言い触らすんじゃないよ。議員宿舎に泊まりに行くとか、泊まるところが出来たとか」

「どうして」

「あのね。代議士のいろんなスキャンダルを嗅《か》ぎまわってる新聞記者とか、雑誌記者なんて多いもんだよ。そいつらの耳に、チエミちゃんたちのそういう話が入ったら、たちまち、おれ槍玉《やりだま》に上げられちゃうからね。そしたら次の選挙で落選しなきゃならないし、せっかくチエミちゃんたちに宿を提供しようと思っても、落選したら、ここも議員宿舎も取り上げられるからね。そしたらまるで役に立たなくなるだろ」

「うん、わかった。じゃ人にはしゃべらない。ミツコだけにしか言わないわ」

「そうしてくれ」

鳥原はチエミが誰にもしゃべらないと言ったのでホッとした。

6

次の週に鳥原は地元に帰って、妻の立会いで形式的に静代を面接し、秘書に採用した。

静代はさっそく北原市のアパートを引き払って上京するという。

東京でアパートを借りるための費用は鳥原が見ることにした。

「静代さんよかったわね。鳥原先生のところに拾っていただいて」

ボランティアの主婦たちは、静代の就職が決まったことを素直に喜んだ。

鳥原が静代と出来ていると思っている主婦たちはひとりもいなかった。

「これでわたしたちも東京に行きやすくなったわね。東京に行ったときには案内を頼むわよ、静代さん」

中にはそう言う主婦もいた。

「そうそう。子供の入学でお世話になると思うし、とにかく先生を助けて頑張ってね」

「今度、大学を出るせがれの就職もお願いするわよ」

主婦たちは好きなことを言った。

「精いっぱい頑張らせていただきます」

しおらしく静代はみんなに頭を下げた。

鳥原は地下鉄丸《まる》ノ内《うち》線の国会議事堂前駅から乗り換えなしの新高円寺《しんこうえんじ》に、静代のマンションを借りてやった。

2DKの新しいマンションの一室である。

次の週に、静代は北原市のアパートを引き払い東京のマンションに引っ越して来た。

静代が秘書になると、鳥原は大黒建設に礼を言い、出向社員の二人に引き揚げてもらった。

ようやく自前の秘書を持つことが出来たのだ。しかもその秘書は愛人兼用の秘書である。

鳥原にとってもこんな都合のいいことはなかった。

鳥原は静代を第一秘書にした。第二秘書は、地元の有力者の子弟で、大学に学んでいる男の子を任命することにした。

女の秘書だけを置いていると、世間で何を言われるかわからないからである。

男の秘書も同時に入れておけば問題はない。しかもその男の秘書が大学生であり、男と女の問題については疎《うと》い人間であっても、男の秘書を置いているということだけで申し訳は立つのである。

初めて静代が東京に来て、ふたりきりになった夕方、鳥原は議員会館の部屋で静代のスカートをめくり上げ、パンティとパンストを脱がした。

「議員と秘書は一体だ。これからここで君を抱くよ」

そう言う。

「こんな神聖な場所で……」

静代は尻ごみをした。

「何が神聖な場所なものか」

「だって、こんなところでそんなことをなさる先生なんていらっしゃらないでしょ」

「糖尿病とかインポはやりゃしないだろ。しかしおれはやる」

鳥原はギラギラした目で静代に迫り、ソファに両手をつかせバックの形をとらせると、立ったまま後ろから結合した。

「先生は無茶をなさるんだから」

静代はそう言いながらも嬉しそうに鳥原を迎え入れた。

静代を東京秘書にしたことで、本来なら禁欲状態を強《し》いられるはずの鳥原は、逆に女に不自由しない生活を送ることが出来るようになった。

同じ時期に初当選を果たした、派閥の仲間たちは鳥原をうらやましがった。

「脂《あぶら》の乗り切った女秘書と一緒だからな。毎日ウハウハ楽しんでいるんだろ」

そんなことを言う。

「冗談じゃないよ。世間様の目というものがあるからね」

鳥原は軽くいなしたが、同僚議員たちはそんなことは信じようとしなかった。

「うまくやってるのはわかってるさ。最近の余裕の出た感じっていうのはどうだ。前は女と言ったら目の色が変わってた男がさ。今は女の話が出ても、悠然《ゆうぜん》と構えてるんだから、こん畜生《ちくしょう》」

そんなことを鳥原に面と向かって言う議員もいた。禁欲生活をどう克服するかが、若手の代議士の最大の問題点だったのだ。

「おれも鳥ちゃんにあやかりたいよ」

そういう声が彼らの本音《ほんね》だった。

静代との情事の場所に、いつも議員会館を使っていたわけではない。議員会館は初めの一回だけだった。

あとは静代を送っていって、静代の部屋で行なうことが多かった。

「帰らなくて、ここに泊まっていったらいいのに。議員宿舎なんて、引き払ってしまったら」

静代は何度かそう言った。

「そうしたいのはやまやまだが、ここにおれが住んだんじゃ大変だ。スキャンダルがすぐに出てしまう」

鳥原はそう言う。

議員宿舎には毎晩のように地元連絡が入っていた。そこを空《あ》けて静代のマンションに泊まるわけにはいかない。

静代は秘書と愛人の役割では、愛人のほうにウエートをかけようとする。しかし、鳥原はむしろ秘書のほうにウエートをかけて、時折、欲望を処理するときだけに静代の女体を借りるという感じだったのだ。

それが静代には何となく物足りないようでもあった。どんなときでも、静代は鳥原の女であるということを周囲のものに認識させようとする。それが鳥原にはときには邪魔に感じられることもあった。

鳥原はむしろ静代と、男と女の関係にあることを伏せなければならない立場である。

静代はときどき議員宿舎のほうにも顔を出した。散らかった部屋を片づけたり夜具のシーツを取り替えたりするためである。

女の秘書の中には、議員宿舎のそういった仕事をいやがるものも少なくなかった。

そういったときに、禁欲生活を余儀《よぎ》なくされている議員に襲いかかられることも少なくなかったからである。

議員宿舎では、議員に襲いかかられても声を出して助けを求めることは出来ない。

そんなことをすると恥をかくだけだからである。

議員宿舎で議員に襲いかかられ、何とか議員の毒牙《どくが》から身を守ったものの、その直後にクビにされた女秘書は少なくない。

7

チエミのほうは月に一度のペースで議員宿舎に電話をして来た。

鳥原の都合のいいときは泊まりに来る。

ミツコを連れて来ることもあったが、ほとんどはひとりのことが多かった。

議員宿舎には守衛がいたが、鳥原は平気だった。

「娘が泊まりに来ることもあるからよろしく」

初めにそう声を掛けておいたのだ。議員宿舎でチエミを抱くときは、テレビの音量を少し上げておけば、いくらチエミが大きな声を出しても近所に気取《けど》られることはなかった。

議員宿舎に女を入れる議員は、鳥原のほかにも何人かいるようだった。

かろうじて議員がプライバシーを保てるのは議員宿舎にいるときだけである。自分の女を呼び寄せたところで、ここでは安全だった。

鳥原は金帰火来を守ってきたから、チエミに訪ねて来るのは火、水、木のどれかにしろと言ってあった。

チエミはだいたい水曜日の夜電話して来ることが多かった。

議員の朝は早い。鳥原は夜具の中にチエミを残して朝食会に出ることが多かった。

朝食会がないときは、朝の暖かい日差しの中で、チエミの若い女体を弄《もてあそ》ぶ。

その日もいつものようにチエミと寝床の中で乳繰《ちちく》り合っていた。

午前九時、本来なら議員会館の部屋に出ていかなければならない時刻である。

しかし、一年生の議員の部屋にそんな朝早くから陳情客が現われることはまずなかった。

「もう行かなくてもいいの」

チエミは時間を気にした。

「まだ大丈夫だよ。今日は十時にここを出る。どうせ委員会は午後からだし、早く行っても何もないからな」

鳥原はチエミの女芯を指でほじりながらそう言った。

十九歳になって、チエミの茂みもすっかり大人のものに生え変わっていた。体つきも大人になってきていた。

「十時に出るなら、もう一回しようか」

チエミは、回復してきた鳥原の欲棒をつかみながらそう言う。

「今度はチエミちゃん上になれよ」

「うん、そうする」

チエミは鳥原の欲棒をつかんだまま、上になってまたがった。欲棒を女芯に導く。鳥原は下から腰を突き上げてひとつになった。

そのときだった。議員宿舎の部屋のドアが開けられた。

「いや、誰か入って来た」

チエミは結合したまま鳥原にしがみついて来た。

「ねえ、先生」

飛び込んで来たのは静代だった。

「まあ」

女上位で結合している鳥原を見て、静代は棒立ちになった。

「まあ、先生ったら」

静代は夜具の足下にヘタヘタと坐り込んだ。

チエミは結合したまま、しきりに鳥原にしがみついている。

「図々しい子ね。人が来たのよ。少しはそっちへどいたらどうよ」

静代は金切り声でそう言うと、チエミの体を鳥原から引き剝《は》がした。結合が解けてチエミはごろんと仰向けになる。

「先生、何よ、この女。まだ子供じゃない。あきれた先生。手がうしろに回るわよ」

静代は鳥原を睨んだ。

「なにさ、あんた」

チエミは体を起こして静代を睨みつけた。

「いきなり入って来ることはないだろ」

チエミは言う。

「なに生意気言ってるの」

ピシャッ。

静代はいきなりチエミの頬を張った。

「やったわねえ」

チエミは裸のまま静代に飛びかかった。髪をつかんで力任せに引っ張る。

静代はチエミの陰毛を鷲《わし》づかみにした。

女芯を思い切りひねり上げる。

「痛い、痛い、痛い」

チエミは悲鳴を上げた。

「ふたりともよせ」

鳥原は女たちを叱りつけた。しかしふたりの取っ組み合いは終わらない。

「やめろといったらやめろよ。ここをどこだと思うんだ。議員宿舎だぞ」

鳥原は静代とチエミを引き離した。

ふたりの女は肩で息をしながら睨み合っている。

「とにかくよせ」

鳥原はそう言うのが精いっぱいだった。

「静代さん、先に行っててくれ。五分ほどしたら行く」

鳥原が静代に言った。

静代はうらめしそうに鳥原を睨み、返事もせずに部屋を出て行った。

「誰、今の女」

チエミは鳥原を睨みつけた。

「秘書なんだよ」

「秘書？　鳥原さん、手をつけたのね。秘書に」

「いやあ、そのお……」

「いいから、わかってるわよ。でもね、あの女に言っておいて。ここでわたしと鳥原さんが楽しいことをしてるときには、黙って入って来ないでって」

「わかったよ。言っておくよ。今日はこれで機嫌《きげん》を直して帰ってくれ。おれもそろそろ議員会館に出なきゃならない」

鳥原はチエミに五万円握らせた。

「あの女には一回いくら払ってるの」

チエミはもらった五万円をポシェットに押し込みながら、鳥原に尋ねた。

「金なんか払っちゃいない」

「タダマンなの？」

「まあ、そういうことだ。その代わり秘書の仕事をさせて、国から給料を払わせている」

「まあ、どうでもいいけど、わたしの商売の邪魔しないように言って。秘書なら、わたしが鳥原さんとセックスしておこづかいもらうの、邪魔する権利はないわ。奥さんなら別だけど」

チエミはそう言う。

「わかった、わかった。言っておくよ」

鳥原はあわてて身仕度をはじめた。

「それじゃ、おれ一足先に出るからな。キイを守衛室に戻しておいてくれ」

身仕度をすませると、鳥原は部屋のキイをチエミに渡し議員宿舎を飛び出した。

8

鳥原が議員会館に顔を出すと、静代は青ざめた顔で議員室のソファに腰を下ろしてテレビを見ていた。

「さっきの女、何者なの？」

鳥原の顔を見ると尋ねる。

「昔からの知り合いなんだよ」

鳥原は頭を掻《か》いた。

「昔から？　わたしよりも？」

「そうなんだ」

「それじゃ、どうしてあの女を秘書にしなかったの」

「見たらわかるだろ、まだ子供だ、とても秘書なんかに出来ない」

「すると、もっと若いときから、あの女を抱いていたの」

「十七歳のときからだ」

「あきれた人ね、先生も」

静代は軽蔑の眼差《まなざ》しで鳥原を見た。

「じつはだね……」

鳥原はチエミを友人に紹介してもらったことから、今日にいたるまでをかいつまんで話した。選挙でどうしても取りたい票は、チエミやチエミの友達を抱かせることで確保したこともしゃべる。

「だからあの子たちはあの子たちで、ちゃんとおれの役に立ってるんだ。あまり怒らせないでほしいんだよ」

そう言う。

「わかったわ。これからはどうするつもり。やはりあの子をああやって、議員宿舎に呼んで抱くつもりなの？」

「抱くたびにおこづかいやってるし、あの子たちも、そのおこづかいが目的なんだ。だから、月に一、二回のことなんだ。黙って目をつぶっててくれよ」

「ずいぶん虫がいいのね、議員先生は」

静代は鳥原を睨んだ。

「虫がいいと言われても、彼女もぼくの選挙の殊勲者のひとりだからな。当選したからといって粗末にするわけにはいかないよ」

「だからといって、きちんきちんと抱くこともないでしょ。それともわたしより若い子の体のほうがいいの」

静代は食ってかかる。

「まあ、そう言うなってば。とにかく、しばらく黙って見ててほしいんだ」

「わかりました。でもあの子を抱いたら、二週間はわたしに触れないでね」

「どうして」

「あんな子、どんな男と寝てるかわからないし、どんな病気を持ってるかわからないわ。いやよ、そんな不潔な女の子を抱いた体でわたしを抱くなんて。お断わりよ。二週間もすれば、悪い病気にかかったか、かからないかはっきりするでしょうから、そしたら抱いてもいいけど、それ以内はだめ」

静代は首を振った。

「そんなこと言うなよ」

「いいえ、言わせていただくわ」

「だったらあの子と月に一回じゃなくて、月に三回くらいしなきゃいけなくなるだろうな」

「どうぞ、ご随意に。でも、あちらを抱いたら二週間はだめですからね。だから月に三回抱いたら、その三回目から二週間はだめよ。その二週間が待てなくて、向こうをまた抱くというんであれば、どうぞご随意にと言うしかないわね」

静代も言い出したらきかなかった。

「いいよ。それじゃ君の言うとおりにするさ。二週間は君に触れない。それならいいんだな」

静代は硬い表情でうなずいた。

「でも、先生用心したほうがいいわよ」

「何に？」

「スキャンダルが出るわよ」

「どこに」

「あんな子供を相手に遊んでたなんてことがわかってごらんなさい。有権者の主婦はもちろん、教育関係者はみんなそっぽを向いちゃうわ。そしたら先生、当選どころじゃなくなりますわよ」

静代は言う。

痛いところを突かれて鳥原は沈黙した。

9

それから一週間ほど経《た》って、鳥原の選挙事務長をやってくれた県連合青年団長の池中が上京して来ることになった。

「池中君が来たら、銀座あたりで酒を飲ませてやろう。ずいぶん選挙では世話になったからな」

鳥原は静代に言った。

選挙後に鳥原と池中とは酒を飲んでいなかった。

飲むのは、池中が上京して来たとき、と約束してあった。

池中はいったんホテルにチェックインをして、夕方議員会館に来るという。

その日、鳥原は夕方から議員会館で池中を待っていた。

池中は五時すぎに議員会館にやって来た。しかもひとりではなかったのだ。チエミをうしろに従えていた。

チエミを見て静代は顔色を変えた。

「いやあ、お久し振りです。議員バッジをつけた先生はなかなか立派に見えますよ」

議員会館にやって来た池中は鳥原の手を握って、うれしそうに言った。

「チエミちゃんに電話をして、出て来てもらったんですよ。今夜は付き合ってもらおうと思いましてね。いいでしょ」

「ああ、どうぞ、どうぞ」

鳥原は静代の顔を気にしながら、そう言った。

静代は、池中が夜の相手をさせるためにチエミを引っぱり出したのだと知って、あきれた顔をして、鳥原と池中を交互に見た。

「ミツコちゃんにしようと思ったんですがね。彼女、今日は生理で具合が悪いっていうんです。それで、まあ、先生には申し訳ないけどチエミちゃんに相手をしてもらうことにしましてね」

池中は隠そうともせずにそう言う。

「それじゃ今夜は赤坂でしゃぶしゃぶを食べて、銀座あたりへ繰り出すとするかな」

鳥原は言った。

「いやあ、ご馳走になるのは赤坂のしゃぶしゃぶだけでいいですよ。銀座は省略だ。それよりも、今夜はこの子と旧交をあたためたいですからね」

池中はそう言うと、大きな声を出して笑った。

「静代くん、例の赤坂のしゃぶしゃぶ食べさせる店、予約しておいてくれよ。一時間後に行く」

鳥原は静代に言った。

「はい。わかりました」

静代は他人行儀に答えて秘書室に戻り、電話を掛けて店を予約した。

「静代さんも連れて行ったらどうです。彼女もウグイス嬢で苦労した子だし」

「そうだな、都合を聞いて、いいと言えば連れて行こう」

鳥原はそう言った。

「ウグイス嬢って何ですか」

チエミは鳥原とも池中ともなしに尋ねた。

「ウグイス嬢っていうのはね。選挙カーに乗って、こちらは鳥原でございます。鳥原十三郎をよろしくお願いしますって言う女の子さ」

「ふーん。あの秘書さん、そんなことしたんですか」

「ずいぶん選挙で活躍してくれてね。それが原因かどうかわからないが、選挙がすんでご主人と離婚したんだよ」

「ふーん」

「それで路頭に迷っていたところを鳥原先生が拾って秘書にしたんだ。こういうことなんだ」

「へえ、そうだったんですか」

チエミは目をくるくるさせて、面白そうに鳥原と池中の顔を半々に見た。

「もともとは観光バスのガイドさんで、上手なんだよ、マイクロホンの使い方が」

「ふーん、そうすると、こちらに見えますのが国会議事堂でございますってやってたんだ、あの人」

チエミは言う。

鳥原はしゃぶしゃぶ屋には静代を連れて行かないほうがいいような気がした。

女同士の言葉のジャブの応酬《おうしゅう》から、空気が険悪になることも予想される。

途中で池中はトイレに立った。鳥原はすばやく三万円をチエミに握らせた。

「この間、議員宿舎で、秘書の静代君と君がかち合った話は池中くんには内緒にしてくれ。知られると困るんだ」

「ふーん。わたし、今夜その話をじっくり池中さんとしようと思ってたの。それがだめっていうなら話題がなくなっちゃう」

「頼むよ」

鳥原はもう二万円上のせをした。

「まあ、いいか。黙っててあげる」

チエミは恩を着せるように言った。

鳥原はほっとした。秘書室に顔を出して、静代には、今夜のしゃぶしゃぶはちょっと遠慮してくれよ、そう言う。

「わかってるわ。わたし最初から行く気ないもの」

静代はつっけんどんにそう言った。

トイレから戻って来た池中と、落選した升田の動き、あるいは次期総選挙の展望などについてしばらく真面目《まじめ》な話をする。

その意見を交換してから鳥原は腰を上げた。

「そろそろ行くか」

池中をうながす。

「静代さんも行きましょうよ」

池中は秘書室に顔を出して静代を誘った。

「わたし今日はちょっと、都合が悪いもんですから」

「そう言わずにいいじゃないですか。一緒に苦しい闘いを戦った仲だ」

池中は言う。

「本当にご一緒したいんですけど、わたし先約がありますの」

「そうですか。残念だな」

池中は本当に残念そうだった。

チエミは静代の前を通って部屋を出るとき、そっぽを向いたままだった。

そういうチエミを静代はかみつきそうな目で睨みつけている。

しゃぶしゃぶ屋で、二人の女を同席させないでよかった、と鳥原は胸をなで下ろした。

10

「驚きましたわ、わたし」

翌朝、議員会館で顔を合わせると、静代は鳥原に言った。

「まさか青年団長の池中さんと、ひとりの女を共有してるなんて。あれ、何とか兄弟っていうんでしょ」

静代はそう言う。

「チエミを貸せって言われて断われなかったんだよ。選挙前の候補者なんて弱い立場だからな」

鳥原は言った。

「貸すほうも貸すほうだけど、貸されるほうも貸されるほうね。あのチエミって子、最低の女の子よ」

静代は吐き捨てるように言った。

「お金だけで誰とでも寝る女なんて、最低の女なのよ。そのような女で兄弟になるなんて、先生もたいした男じゃないわね」

そう厭味《いやみ》を言う。何と言われても鳥原は言い返すことが出来なかった。

「いや、お説のとおり。おれはどうせろくな男じゃないんだ。見切りをつけるならさっさと見切りをつけたほうがいいよ」

せいぜいそう言い返すのが関《せき》の山だった。

「そんなに怒らないでよ。たかが女の言うことでしょ。いちいち腹を立てないで」

静代は鼻にかかった声で甘えて来る。

「きのうしゃぶしゃぶを食べたら、来てくれるかなあと思ってマンションで待ってたのに、寄りつきもしないんだから、厭味のひとつも言いたくなるでしょ」

　そう言う。

「よしよし、今夜行くよ」

　鳥原は言った。

「お義理ならいいのよ」

「お義理じゃないってば」

「それなら、わたしに今夜、しゃぶしゃぶを食べさせて」

「おい、おれはまたしゃぶしゃぶを食うのか」

「いいじゃないのよ。あとで、食べた分だけ吐き出させてあげるんだから」

　静代は露骨なことを言う。

「わかったよ。しゃぶしゃぶを食べて、君のマンションに行こう」

　鳥原は言った。

　静代はようやく機嫌を直した。

「でも先生、言っておきますけどね。わたしに池中さんと寝ろ、誰と寝ろと言っても、言うこときかないわよ。わたしそんな安っぽい女じゃないんだから」

　そう言う。

「わかってるよ」

　鳥原はためいきを吐《つ》いた。

正午近くになって、池中が議員会館に顔を出した。

「いやあ、よく遊んだ、遊んだ。先生、きょうは朝の十時まで、やってやってやりまくりましたよ」

池中は議員会館の部屋に入って来ると、そう言いながら背伸びをした。

「チエミちゃんはまだホテルのベッドで伸びてますけどね」

そう言ってにやにやする。

「しゃぶしゃぶはよく効《き》きましたなあ。今朝まで六回ですよ、六回は自己新記録だな」

池中はそう言う。

「さすがにもう、今朝は股間が痛くって、筋肉痛を起こしちゃってますよ」

そう言って豪快に笑い飛ばす。

「しかし、あの子、穴がガバガバじゃないかな、ゆるいって思いませんか」

池中はそう言う。

「うん、ゆるいかな」

「ほら、ミツコって子がいたでしょ。あっちのほうがよく締めてくるような気がしましたけどね。そうじゃなかったですか、先生」

池中は大きな声でそう言う。鳥原は気が気ではなかった。チエミの友達のミツコと寝たということは、静代には話していない。しかし今の池中の話を聞けば、鳥原がミツコとも寝ていることは当然わかる。

「しかし、それにしても今の若い女の子の貞操観念のなさ、じつにありがたいですな。われわれ中年男にとっては」

池中はそう言う。

「静代さん、お茶をくださいね。大きいコップがいいな。ちょっと昨日ご乱行がすぎましてね。喉《のど》がカラカラなんですよ」

池中は大きな声で静代に言った。

「ねえ、先生。チエミもミツコもそろそろいいから、今度は銀座の子を抱かしてくれませんか」

池中は言う。

「銀座の子か。ぼくも銀座には不案内でね」

鳥原は困ったように言った。

「亡《な》くなった嵐山先生の女が銀座にいたんでしょ。あの子の線からどうにかなりませんかね」

「ぼくは、嵐山先生の女っていうの、あまりよく知らないんだなあ」

鳥原はそう言って逃げた。

「すぐ今度とは言いませんから、少し銀座を開拓してわれわれを楽しませてくださいよ、先生」

池中は静代が運んで来た湯呑のお茶をぐいっと飲むと高笑いをした。

その夜、鳥原は静代と赤坂のしゃぶしゃぶ屋でしゃぶしゃぶを食べ、それから新高円寺の静代のマンションに行った。

「わたしも六つ、がんばってもらおうかな」

静代は着ているものを脱ぎながら、ちらりと鳥原を見た。

「六つしたのは池中君だ。おれはとてもじゃないけど、セックスするために生まれてきた人間じゃない。おれは政治をやるためにこの世に生まれてきたんだ」

「あんなきれいごとを言って、鳥原先生は、女がいなければ夜も日も明けないくせに。もう先生のことはすっかりわかったわ。大変な女好きだってことがね。わたし、そんな女好きの先生に惚《ほ》れたことを、今、少し後悔しているのよ。ときどき、たれ込んでやろうかと思うときがあるの」

静代はそう言う。

「おいおい。頼むよ。たれ込みなんかやらないでくれよ。おれの政治生命は、まさに君が握っとるんだからな。頼むよ」

鳥原はそう言うと、静代を抱き締め、キスをした。

女のスキャンダルだけは、どんなことがあっても出してはならない。そう思う。

「もしもしゃべってみろ。殺してやるから」

そう胸の中でつぶやく。

鳥原は初当選を果たした。目の前にはこれから政務次官になり、大臣になる、といった道が開けているのだ。

その道に立ちふさがって邪魔をするものは殺してやる。本気でそう思う。

鳥原にキスをされ、体をまさぐられて、静代は次第にあえぎはじめていた。

七章　進路

1

鳥原十三郎は小島静代のベッドの中で目を覚《さ》ました。

遮光《しゃこう》カーテンのすき間から朝日が差し込んでいる。

静代は鳥原のそばで乳房を剝《む》き出しにして眠っていた。

鳥原はそっと乳房に手を置いた。

温《あたた》かい乳房の先で乳首が冷たくなっている。

その冷たい乳首を鳥原は指で揉《も》みほぐした。

乳首が温かさを取り戻してくる。

静代は寝返りを打って、鳥原に背中を向けた。

昨夜、鳥原は静代がたて続けに三回クライマックスに達するほどかわいがっていた。

もちろん鳥原も静代の中に、男のリキッドを放出し、満足して眠った。

にもかかわらず、朝、目が覚めると、また鳥原は静代が抱きたくなったのだ。

昨日はしゃぶしゃぶを食べたせいで、体の中に、まだまだ余力が残っているようである。

しゃぶしゃぶを食べなくても、派閥などの会合に使う赤坂の料亭では、毎晩のようにスッポンスープがつく。

選挙区へ帰れば、票起こしに各地を駆《か》け回らなければならないが、東京にいる限り、新人代議士は暇《ひま》である。

当選一年目では陳情もそれほど来ないし、振り当てられる役職もたいしたことはない。役所から配布される資料に目を通して、いろいろ勉強するには都合がいいが、学生ではないのでそう勉強したいという気持ちも起こらない。

将来、大臣などになって、いろんな問題を勉強しなければならなくなったときには、専門の役人がいろいろ知恵をつけてくれるから、前もってあわてて勉強する必要もないのだ。

したがって、先輩議員のところに出掛けて、碁《ご》を打ったり、勉強会と称する集まりに出て、居眠りをしたりして何となく一日をすごしてしまう。

そして夜がスッポンのスープである。

これでは精力がつかないほうがどうかしている。

代議士に当選してから鳥原は、肉体年齢が五歳から十歳若返ったような気がした。

無性《むしょう》に女がほしいのである。

「なあ、おい。そろそろ目を覚ませよ」

鳥原は静代の女芯をアナルの方から指で撫でた。

「眠らせてえ。わたし殺されちゃう」

静代は体全体でいやいやをした。

「貸せばいいんだから。そう言うなってば」

鳥原はバックから横向きの形で欲棒を静代の女芯にねじ込んだ。

「炎症起こしちゃう」

静代は文句を言う。

そのくせ中のほうは潤《うるお》っているのである。

乳房をさぐられたとき、多少はその気になったと見える。

鳥原は横臥後背位《おうがこうはいい》で静代とひとつになり、腰を使って出没運動をはじめた。

静代は仰向《あおむ》けに向きを変えた。

横臥後背位から、松葉崩《まつばくず》しの形になる。

「先生も好きなんだから」

静代はあきれたように言った。

「選挙区では聖人君子《せいじんくんし》で通っているんだから東京にいるときくらいは、大いに人生を楽しみたいね」

鳥原は言う。

「選挙区って、そんなに帰らなくちゃいけないの？　週に四日も選挙区じゃない」

静代は唇をとがらせた。

「新人議員のおれたちには、まずやらなくちゃいけないのが選挙区のお守りさ。当選を重ねると、国から大事な役割を押しつけられて選挙区に帰りたくても帰れなくなる。でも一年生のおれたちには、まったく重要な仕事は与えられないんだからな。その間にしっかり選挙区の地盤を固《かた》めておかなきゃならないんだ」

「でも、毎週四日も選挙区に帰ることはないと思うわ」

静代は不満そうに言う。

「当選一年生議員のとき、選挙区を固めておかないと、あとになって苦労するんだよ。ちょうど芽が出かかったとき落選をしたり、大臣を一回やったときに落選したりして、それから先の芽が摘《つ》まれてしまう。そういうことにならないために、今はとにかく選挙区をしっかり固める時期なんだ。せめて当選二回になるまではね」

鳥原は静代の茂みをまさぐりながらそう言った。

2

「そういえば、この間上京してきた後援会の人たち、地元では前回落選した升田さんの巻き返しがものすごいって話をしていたわ。この次はダントツで最高点当選をするだろう。

そう言ってましたわよ」

静代は芯芽を鳥原の指に押しつけながら言った。

「その話はおれも聞いている。これまで升田さんは国の重要なポストにいて、ほとんど選挙区に帰られなかったからな。その升田さんが、今は国の仕事から一切解放されて、選挙区に常駐し、あらゆる会合に顔を出し巻き返しを図《はか》っている。本来は力のある人だ。その升田さんが選挙区に本腰を入れたのでは、前回の得票の倍は取るんじゃないかな」

鳥原は言う。

「それじゃ先生が大変になるじゃない」

「そうなんだよ。前回最下位で当選したおれは、このままじゃ落選をする」

「大丈夫?」

心配そうに静代は鳥原を見た。

「そのために金帰火来《きんきからい》、週に四日は選挙区にいるようにしている」

「東京でわたしと乳繰《ちちく》りあってる場合じゃないみたいね」

「それを言うなよ」

鳥原は苦笑した。

選挙のたびに、支持者層は三分の一は変わると考えたほうがいい。

つまり前回どおり投票してくれるのは、従来の後援会の三分の二の人間であって、残りの三分の一は死亡したり、ほかの議員に乗り換えたり、他の選挙区に移転をしたりして後援会から離れていくのである。

　だから、離れていった人間以上の数の有権者を補充しなければならないのだ。

　転入してきた新住民。ほかの議員の後援会から転向させた有権者。成人して新しく有権者になった若者たち。

　そういった有権者を、後援会から去っていった三分の一の有権者を上回って後援会に加入させ、次の選挙で票にしなければ連続当選はおぼつかないのである。

　そうやって当選二回となって、初めて政務次官に就任することになるのである。

　政務次官を経験すれば、当選三回、四回で、今度は委員会の委員長である。

　このときには、予算委員会、大蔵委員会、建設委員会などの重要な委員会の委員長のポストに就任できるかどうかが、その後の飛躍に重要な意味を持ってくるのである。

「このまま手をこまねいていては、次の選挙では負ける。しかし、おれは負けるわけにはいかないんだ」

　鳥原は静代の乳房をわしづかみにした。

「ねえ。またあの子たちをフルに活用したら」

　静代は言った。

「あの子たち？」

「ほらチエミと言ったわね。ほかにもう一人いるんでしょ」

「ああ、チエミとミツコか」

「そうそう、その子たち。あの子たちは、先生が抱くんじゃなくて、選挙区の票固めにスケベどもに抱かせたらいいじゃない」

静代は言う。

チエミと取っ組み合いをしたせいか、そう言う静代の表情には、憎悪が剝《む》き出しになっていた。

「あの子たちは、セックスしてお金になればそれでいいんでしょ。何もあなたに惚れていて、抱かれなければいやだ、と言っているわけじゃないでしょ」

「それはそうだ」

「だったらお金をあげて、選挙区の人にばんばん抱かせちゃったらいいじゃない。それで票が入れば先生も安泰《あんたい》だし」

「ま、それは、そうだけどね。しかしその役を君がやってくれるかね」

「いやよ。それにあの子たちも、わたしの言うことじゃ聞かないわ。そういう話は男の人がしなくちゃ」

静代は首を振った。

「男の仕事か。だからといって、おれが直接、そういうことをやるわけにいかんからな。

スキャンダルになったときに、逃げ道がなくなる」

　鳥原は松葉崩しから正常位になった。

「岡本君を東京に戻すとするか」

「岡本さんって、嵐山前代議士の東京の第一秘書だった人？」

「そうだよ。今は地元のほうで仕事をしてくれているんだが、彼は東京に戻りたがっているし、岡本君を呼び戻して、その仕事をやらせるか」

「それがいいんじゃない」

「でも岡本君を呼び戻したら、彼を第一秘書にして、君を第二秘書にするよ」

「いいわ。わたしは第二秘書で。どうせ政治の仕事はよくわからないんだし、岡本さん、そのほうのベテランでしょ。岡本さんに第一秘書でやっていただいたほうが、わたしは気が楽だわ」

　静代は言った。

3

　鳥原は岡本を第一秘書として東京に呼び戻した。

　岡本は喜んで東京に帰って来た。

「嵐山先生の秘書のときには、しなかった仕事もやってもらわなきゃいかんのでね。こっちは一年生議員だからね」

鳥原は岡本に言った。

「どんな仕事でも、先生のためなら喜んでやりますよ。汚い仕事でも何でも言いつけてください」

岡本は殊勝にそう言う。

「それじゃ、ちょっと会わせたい女たちがいる」

鳥原は静代を帰らせたあとでチエミとミツコを議員会館に呼んで、岡本に引き合わせた。

チエミやミツコが、選挙区の男たちで東京の女にあこがれている者や、ロリコン趣味の男に抱かれて大いに票を稼いでくれたことを話す。

「そうだったのですか」

岡本は十九歳のふたりの女を交互に眺めた。

「先生の秘密兵器ですね」

そう言う。

「そういうわけでね。この子たちを今後も選挙区のＶＩＰたちの接待係にしたいと思うんだ」

「なるほど」

「君にこの子たちとの連絡係をやってもらいたい」

「承知しました」

「それから岡本君。一回ごとに三万円ずつ、二人に払ってやってほしい」

鳥原は言った。

岡本は承諾した。

「まさかこれだけで、今夜はさよならじゃないんでしょ」

チエミが鳥原を見た。

鳥原は打ち合わせだけで二人を帰らせるつもりだったが、そう言われると抱かないわけにはいかなかった。

「岡本君。君はミツコの相手をしてやってくれ。おれはこっちのチエミの相手をするから。金はおれが今夜は二人に払う。君は今からホテルを予約してくれ」

鳥原は岡本に言った。

「わかりました」

岡本はうれしそうな顔をして、ホテルに電話をしてダブルの部屋を二部屋予約した。

その部屋にチェックインをして、鳥原は久し振りに若いチエミの体を抱いた。

チエミは茂《は》みがすっかりおとなのものに生え変わっていた。

猛々《たけだけ》しい感じすらする。

「おじさん、何だか以前より元気になったみたい」

チエミは鳥原に抱かれながらそう言った。

「何だか、これも硬《かた》くなっちゃった気がするし、時間も長いし」

チエミはそう言う。

「毎晩スッポンスープで栄養をつけるんだから、若返りもするさ」

鳥原は笑った。

チエミの体は静代に比べると、ひじょうに柔らかかった。

抱き締めると、なくなってしまいそうな、そんな柔らかさである。

その柔らかさに若さを感じないわけにはいかなかった。

「若い女の体もいいもんだ」

そう思う。

しかし、チエミを十七歳のときから抱いていたということだけは秘密にしなければならなかった。それがばれれば、静代が言うように教育関係者をはじめ、主婦や有権者にことごとくそっぽを向かれかねない。

男の女遊びが勲章で通っていた時代と、今は時代が変わってしまったのだ。

女遊びはスキャンダルの時代になったのだ。

鳥原は一回抱いただけでチエミを帰すつもりは毛頭なかった。

チエミのほうは何回してもいいという。

この夜は鳥原は正常位で始めて、バックに移り、再び正常位になって男のリキッドを爆発させた。

「ねえ、政治家ってどんな仕事するの？」

一回目をすませて、チエミは鳥原の回復を待ちながら尋ねた。

「どんなことって、つまり陳情を受けたり、その陳情を役所に取り次いでやったり、まあ、いろんなことをするわな。あとは会議に出たり」

「でも、鳥原さん暇みたい」

「一年生議員というのは暇なもんだよ」

鳥原は苦笑した。

衆議院議員になりたいという鳥原の野望は、当選したことで一応達成された。

しかし、当選一回の新人議員には、国会での活動の場はほとんどない。

議席も議長席に近い、最前列から割当てられる。委員会の理事のポストも新人議員にはまずまわって来ない。つまり、新人議員は議員の見習い期間なのである。

新人議員がやらなければならないことは、次の選挙にそなえて地盤をがっちりと固めることである。

一年生のときから国会で活躍しようなどと考えて、選挙区の手入れをおろそかにしてしまうと、たちまち次は落選の悲哀を味わうことになる。

代議士に当選したのだから、国会で活躍したいと考えるのは当然だが、そういう場は、新人にはまず与えられないのである。

したがって、一年生議員は一生懸命選挙区に肥《こや》しをまき、地盤を耕して新しい票を掘り起こし、次の選挙にそなえるのが、一番重要な仕事なのである。

そうやって当選二回目に、はじめて政務次官の目が出て来る。

政務次官を経験すれば、当選三回、四回で、今度は委員会の委員長である。

そして当選五回で、早い者は大臣の声がかかる。

普通にいって当選六回で大臣だが、早い者は当選五回で大臣になる。ところが派閥の小さいところに所属していると、当選七回あたりで初めて大臣ということになるのである。

鳥原は牧村幹事長派閥であるから順調に当選を重ねていけば、政務次官や委員長、大臣のポストは必ず手に入れることが約束されたようなものである。

さらに当選を重ねていけば、二回目、三回目と大臣のポストがまわってくる。

その頃には派閥の中でも長老議員という立場になっている。

問題はそれから先である。

政治家として最高峰に立つということは、総理大臣の椅子に坐ることである。

代議士になった者で総理のポストを夢見ないヤツはいない、とはよく言われることである。

しかし、総理大臣は当選さえ重ねていけば誰でもなれるというものではない。派閥の長にまずなり、それからよその派閥の長と激しい総理の椅子の争奪戦を繰り広げて、そして勝ち取るものなのである。

運もいれば資金もいる。

金がある、とか、ただ人間がいいというだけでは、とても総理のポストに手が届かないのである。

とてもおれは総理大臣なんかの器《うつわ》じゃないからな。

鳥原は総理大臣のポストはあきらめていた。

総理大臣になれないのであれば、それではどんな政治家になりたいのか。

鳥原は自問した。

何人かの子分を持って、派閥の中での発言力を持ち、政界に影響力を持つ。そんなボス政治家になればいいか。

それに甘んじるのか。

それとも政治のある分野の専門知識に長じ、その問題であれば、彼の意向を聞かなければとても無理であるといった、政治のエキスパートになるべきか……。

鳥原はいろいろ考えてみたが、結論は出なかった。

今の鳥原には、とにかく次の選挙にまた再選されるという目標しかなかった。

政治家とは、究極的にどうなるのだろうか……。

利権のボスとなって私腹を肥《こ》やすのか。

少数の子分を養いながら、政界をのし歩くのか。

考えてみると、鳥原は政治家になってみたもののどういう政治家になろうとしているのか、その進路は曖昧模糊《あいまいもこ》とした霧の中にあった。

——とてもおれには、清貧の政治家に甘んじるようなことは出来っこないな。いずれにしても利権を漁《あさ》るか、私腹を肥やすかそんなところだろうな。

鳥原はそう思った。

せっかく代議士になって、清貧に甘んじたのではつまらないと思う。

代議士でなければ出来ない金を集め、その金で女の体を自由にして、うまいものを食う。そしてうまい酒を飲む。

そうやって快楽三昧《ざんまい》の生活を送ってもいいではないかと思う。

快楽三昧の生活を送り、それで財産を築き上げれば言うことはない。

昔は代議士になると財産を食いつぶし、井戸と塀だけが残るから、政治家になると井戸《いど》塀《べい》になる、と言われたものだが、今、代議士になって井戸塀になるバカはひとりもいない。

清貧に甘んじるなどというのは、つまり政治家の負け犬が言うことだ。

鳥原はそう思った。

4

一年生議員は暇である。

暇であるということは、同時に自由になる金がないことでもある。

海のものとも山のものともわからない一年生議員のところに、政治献金を申し出てくるもの好きは、せち辛《がら》いこの世の中にはいなかった。

あてにするのは派閥のボスのくれる金だけである。

それだけでは金は足りない。

何とかして選挙区の培養資金くらいは自分で集めなければならなかった。

「岡本君」

鳥原は岡本を奥の議員室に呼んだ。

「何ですか」

岡本は入って来た。

「そこへ、かけろよ」

鳥原は岡本が腰を下ろした応接セットで向かい合った。

「少し金を集めたいと思うんだが、励ます会を考えてみてくれないか」

鳥原は岡本に言った。

「一年生議員だから、ひとり三万円の会費というわけにはいかないだろうが、二万円の会費で場所は都心のシティホテルで、出来るだけ多くの人に集まってもらって、スピーチを短くして短時間で切り上げる。これだと料理も酒もそんなに出さなくていいだろ。まあ、二万円のうち実際にホテルに払うのを、一人五、六千円に抑えれば、残りが全部こっちの資金になるわけだ」

鳥原は言った。

「そうですね。やりますか」

「うん、やってほしいんだ。牧村さんのほうからまわってくる金だけじゃ、どうも不自由なのでね。おれは清貧に甘んじたいとは思ってないけど、このままじゃ、好むと好まざるとにかかわらず、清貧に甘んじなきゃいけなくなるからなあ」

「わかりました」

岡本はうなずいた。

5

牧村幹事長の強力なバックアップもあって、鳥原を励ます会は、都心のシティホテルで開かれることになった。

牧村も、もちろん、出席してくれるという。

こういうときには、牧村が何百万かの祝い金を包んでくるものである。

同僚議員たち、あるいは先輩議員たちもそれぞれ祝儀を包んでやって来てくれる。

パーティ券も牧村幹事長の顔でいろんな企業に売りさばくことが出来た。

企業の担当者は何枚もパーティ券を押しつけられると、さすがにいい顔はしなかったが、牧村幹事長の秘蔵《ひぞ》ッ子だと言うと渋々付き合ってくれた。

そういうこともあって、三千枚のパーティ券を用意し、二千二百枚が、実際に売れたのである。

経費を差し引いても三千万近くが鳥原の懐《ふところ》に入る勘定《かんじよう》である。

それだけの金が入ればひと息つける。

鳥原はそう思った。

励ます会には、地方からの後援会の主だったものも三十人ほど出席すると言ってきた。

もちろん後援会の者には二万円のパーティ券を売るわけにはいかない。

これはご招待である。

ご招待の上に、都心のホテルに泊めて、飲食をさせ、お土産《みやげ》を持って帰さなければならない。

しかも、後援会の幹部たちは、ついでに総理官邸や国会の見学もしたいという。

その案内は岡本が引き受けてくれた。

嵐山の秘書時代から、国会見学の案内には慣《な》れているのだ。

鳥原は後援会の連中が上京して来て国会見学をする前に、みんなの前で挨拶をすることにした。

励ます会では、通常、壇上に励まされる代議士が夫婦で並んで立ち、派閥の親分や来賓の祝辞や激励の言葉を受けることになっている。

鳥原は励ます会の日が近づくと、選挙区から妻の光枝を上京させた。

「なんで奥さんを呼ぶの？」

静代は鳥原が光枝を呼ぶことに、明らかに不快な表情を見せた。

「仕方がないじゃないか。夫婦が一緒に激励の言葉を受けるのが、この世界の通例だ」

鳥原は言った。

「ふーん。そんなもの先生ひとりで受ければいいと思うけど。こんなときだけね。奥さんがシャシャリ出て来るのは」

「別にシャシャリ出て来るというわけじゃない。それが通例なんだ」

鳥原は言った。

「まあ、すぐに向こうに帰すからさ。そうヤキモチを焼くなよ」

鳥原はふくれる静代にそう言った。

光枝が上京して来る日に、鳥原は岡本に羽田空港まで迎えに行かせた。

「ねえ先生」

岡本が羽田空港に出掛けると、静代はドアに鍵をかけ、議員室の窓のブラインドを下ろした。

「今夜、奥さんを抱く気でしょ」

「いやあ、そんなことしてる暇はないよ」

「うそ。選挙区で出来ない分、こっちでするつもりだわ」

静代はギラギラ輝く目で鳥原を睨んだ。

「でもさせないわ。その前にわたしがみんなしぼり取ってあげる。ここで、今、わたしを抱いて」

静代はスカートをまくり上げると、パンストとパンティを一緒に下ろした。

そのままソファに手をついてヒップを突き出す。

「すぐに入れて。そして出して」

ヒップを振り立ててそう言う。

「おいおい、何もこんなところで」

「あら、こんなところでする癖をつけたのは先生じゃない。して。しなきゃ、先生が議員宿舎でチエミという女の子と重なっていたことを奥さんにばらすわよ」

静代は言う。

「仕方ないやつだなあ」

鳥原はズボンとパンツをずり下げると、静代のヒップを抱いて、欲棒を押し込んだ。

「早く突いて、早く、早く。もっと早く突いて」

静代はそう言う。

鳥原はあわただしく出没運動を行なって、男のリキッドを女芯の中に放出した。

「これでちょっぴり安心したわ」

静代は納得してパンティとパンストを穿《は》いた。鳥原もパンツを穿き、ズボンを穿く。

身仕度をすませると、静代はドアの鍵をはずした。

鳥原は窓のブラインドを上げる。

6

光枝は議員会館の部屋にやって来ると、新しい靴を履《は》いたので、靴ずれが出来て痛いと、鳥原に言った。

鳥原は静代を呼んで、バンドエイドを持って来るようにと言った。

「バンドエイドなんか置いてません」

静代は言う。

「置いてなきゃすぐに買って来い」

鳥原は静代に言った。

静代は返事もしないで部屋を出て行った。

「態度が悪くなったわね、あの子。わたしがあなたの秘書にって言ったときは、泣くほど喜んだくせに」

光枝はそう言った。

しばらくすると、静代はバンドエイドを買って戻って来た。

「あなた、ちょっと貼ってくれない」

光枝は静代に言った。

「わたし、忙しいんですけど」

静代は言う。

「貼ってあげなさい」

鳥原は言った。

「わかりました」

静代はプッとふくれた。

光枝は靴を脱ぎ、パンストを脱いだ。

傷になった踵《かかと》を出す。

「何か消毒薬はないかしら」

光枝は言った。

「そんなものは置いてないんですよ。さっきそうおっしゃっていただいたら買って来たんですけど」

静代は言う。

「あんたも気がきかないわね。バンドエイドと消毒薬くらい、いつもこの部屋に置いておいたらどうなの」

光枝は言った。

光枝にしても久し振りに選挙区から解放され、のんびりとふるまいたいのだろう。

選挙区では有権者に頭を下げっぱなしの光枝にしてみれば、東京では代議士夫人風を吹かせたかったのかもしれない。

「それじゃ今から買ってまいります」

静代はそう言った。

「いいわよ。とりあえずバンドエイド、ここに貼って」

光枝は足を突き出した。

静代は光枝の前にかがみ、その足を自分の膝に載せて、靴ずれの場所にバンドエイドを貼った。

「ああそれから静代さん。パンスト新しいのをふたつほど買って来て。傷がついてだめにしちゃったわ」

光枝はバンドエイドを貼り終わった静代に言った。静代は黙ってうなずくと、部屋を出て行った。

「本当に態度悪いわね。はいぐらい返事したらどうなの」

光枝は誰にともなくそう言った。

静代は小一時間ほどして、パンストをふたつ買って戻って来た。

「遅かったのね」

光枝は静代の買って来たパンストを穿きながらそう言った。

「銀座まで行ったんですから」

静代は言う。

「あっそう。ご苦労さん」

光枝は面白《おもしろ》くなさそうにそう言った。

パンストを穿き終わると、靴を履いてソファに腰を下ろす。

「ねえ、あなた。岡本さんも東京に帰って来たんだし、ここにはそんなに沢山の秘書はいらないでしょ。岡本さんひとりでいいんじゃないの。静代さんには選挙区に帰っていただいたら。むしろ選挙区の事務所のほうが忙しいし、選挙区の事務所でお茶くみでもやっていただいたらとても助かるんだけど」

隣りの秘書室にいる静代に聞こえるように光枝は言った。

鳥原は生《なま》返事をした。

「検討をしておいてくださいね」

光枝は念を押すように言う。

「うん」

鳥原は生返事をするほかはなかった。

7

その晩、光枝は議員宿舎に泊まった。

二人だけになると、光枝は静代の問題を蒸《む》し返してきた。

「あの子、ずいぶん態度悪くなったわね。あれじゃ選挙区の人が東京に来たとき、いい感じを持たないわよ。わたしがせっかく選挙区で必死になって頑張っているのに、その票を東京であの子が減らすようなことをしてるんじゃ、たまったもんじゃないわ」

そう言う。

光枝のアンテナには、何かひっかかるものがあるようだ。

「そう言ってもねえ。いろいろあの子も秘密を知っているからね、東京の事務所の。強引にやめさせて、あっちこっちで、あることないことしゃべられると、おれも打撃を受けかねないからなあ。慎重に考えたほうがいい」

鳥原は言う。

「失敗だったわね、あの子をあなたの秘書にさせたなんて。選挙区にいたときに、きっとあの子、猫かぶってたんだわ」

光枝は言う。

「時期をみてやめさせるよ」

「すぐにやめさせてほしいわ、あんな子」

「まあ、そう言うな」

鳥原は光枝をなぐさめた。

光枝は久し振りに鳥原に抱いてほしそうだった。

しかし、静代から男のエキスを抜かれたばかりの鳥原は、まるでその気になれないのだ。

「あなたも選挙がすんだらすっかり弱くなっちゃったわね」

東京で鳥原がスッポンのスープを毎晩のように飲んで、精力を持て余していることを知らない光枝は、軽蔑するように言った。

「そうなんだよ。ああいう過激な戦いをしたあとでは、立つものも立たないよ」

鳥原はうなずいた。

「まあ、そのほうがわたしは安心ですけど。代議士になったとたんに女の問題でスキャンダルが噴《ふ》き出したりしたら、かなわないわ」

光枝は言う。

鳥原は苦笑するばかりだった。

8

鳥原は励ます会の前に、光枝を連れて、牧村幹事長のところに挨拶に行った。

光枝を牧村に紹介する。

「いやあ、奥さんですか。ご主人にはいつも大変お世話になっております」

牧村は愛想よく光枝の手を握ってそう言った。

「このたびは励ます会を開いていただいて、大変にお世話になります。いろいろとありがとうございます」

光枝は鳥原が教えていたとおりに、牧村に挨拶をした。

「いやいや。鳥原君はわが派のホープだ。これからも頑張ってもらわないといかんし、奥さんもしっかり頑張ってくださいよ」

牧村は光枝の手を握ってそう言った。

その日、光枝は久し振りにデパートを歩いてみたいと言った。

「選挙区で、いつも有権者の相手ばかりでしょ。息がつまっちゃって」

そう言う。

「そうか。じゃデパートを歩いて、今夜は芝居でもみたらどうだ」

「ひとりで？」

「だって、おれは忙しいんだ。デパートや芝居まで付き合っちゃいられないよ」

「そう」

「何なら岡本君に案内させようか」

「そうね。そうしていただくと助かるわ」

光枝はそう言う。

鳥原は岡本に光枝のエスコートをするように命じた。

岡本が光枝と一緒にデパートに買物に行くと、静代は猛然と鳥原に食ってかかった。

「何さ。先生の奥さん。代議士夫人づらをして。わたしなんか顎でこき使うじゃない。しかもありがとうのひとつもなしよ。消毒薬を常備しろなんて、消毒薬なんて、どうして議員会館に必要なのよ。踵に絆創膏を貼ってあげてもありがとうもないんだもの。おまけにパンストを大急ぎで買って帰ったのに、遅いなんて言われちゃって。あげくの果てに、ここは岡本さんひとりでいい、わたしをやめさせたらどうかなんて、よくもあんなことが言えたものね」

静代はいきり立って鳥原に言った。

「まあ、そう言うなよ」

「先生も先生よ。あれは有能な秘書だからやめさせることはない、そうおっしゃればいいいのに。何だかやめさせるような、やめさせないような返事をむにゃむにゃしてて。わたし、隣りの部屋で聞いてて、湯呑でもぶつけてやろうかと思ったわよ」

静代は言う。

「東京で先生の下半身まで面倒をみてるのはわたしですからね。お礼を言っても罰が当たらないと思うわ。それなのに、やめさせて選挙区のお茶くみをさせたら、なんて。わたしが選挙区のお茶くみをしたら、困るのは先生でしょ。下のほうはどうするの？」

静代はそう言う。

「まあ、そう怒るなってば」

鳥原は静代をなだめた。

「そうね。先生にはチエミって若い子がいたわね。わたしが選挙区に引き戻されたら、今度はチエミって子と毎日しようと思ってるのね」

そう言う。

「何もチエミとそんなことしようと思ってやしないよ」

「思って、ま、す」

静代は自説を主張した。

「しかし君もちょっとよくなかったなあ。もっと上手に立ちまわっておけば、何てことなかったのに」

鳥原は言った。

「あら、よく言うわ、先生も」

静代はプッとふくれると部屋を飛び出して行った。

9

励ます会の前日に、選挙区から三十人の後援会の幹部たちが大挙上京して来た。

岡本は国会見学のために狩り出され、鳥原も国会議事堂をバックにして、歓迎の挨拶を述べた。

三十人の幹部の中には、もちろん県連合青年団長の池中の顔もあった。

鳥原のそばにさり気なく近寄って来て、握手をし小声で言った。

「おれ、一日帰りを延ばしますから」

そう言ってウインクをする。

池中がミツコを抱いて帰るのだということはすぐにわかった。

鳥原と岡本が幹部たちにかかりきりになっている間中、議員会館の部屋で光枝と静代は角《つの》を突き合わせたまま睨み合っていた。

そのために静代はますます光枝の機嫌をそこねてしまった。

都心のホテルで開かれた鳥原十三郎を励ます会は、千人以上の人が出席し、盛大に行なわれた。

派閥のボスの牧村幹事長は、会の冒頭で挨拶に立ち、鳥原を絶賛してくれた。

わが派の将来を託せる人とまで言ってくれたのだ。

鳥原はそんな牧村に心から感謝をした。

自分が政治家としてどこまで伸びるか、自分自身でわからずに、暗中模索《あんちゅうもさく》しているときに、牧村がそこまで買ってくれているのだと思っただけで、鳥原の胸は大きくふくらんだ。

少なくとも大臣になって、官房長官くらいはやりたいものだ。

鳥原はそう思った。

官房長官になれば、内閣の金を自由に出来る。その金の威力の前にあらゆる人間がひれ伏してくるはずだった。

総理大臣にならなくても、その程度の権力者にはなりたい。

鳥原はそうも思った。

励ます会の途中で鳥原は演壇に立って、参会者に謝辞を述べた。

その謝辞の中で鳥原は、みなさん方に温かい励ましを受けて、私はきょう、百万の味方を得たような気がしましたと言った。

そして、具体的に、どこまで政治家として伸びるか、自分自身でもわかりませんが、最初の目標を官房長官に掲《かか》げ、これから先を歩んでいきたい。

そう言ったのだ。

「一年生議員のくせに官房長官とはすごいね」

壇を下りた鳥原は、先輩議員に冷やかされた。

「いや、まあ、夢を語っただけですよ」

鳥原はそう笑ってごまかした。

「しかし大蔵大臣や外務大臣じゃなくて、官房長官というのがいかにも君らしいじゃないか」

別の先輩議員が言った。

「いや、大蔵大臣とか外務大臣とかになりますと、その次は総理大臣を狙《ねら》うのかと痛くもないハラを探られて、面白くありませんしね。まあ、官房長官あたりで、わが派を受け継いだ先輩に一生懸命ご奉公すると、そういう気持ちですよ」

鳥原はそう言った。

「まあ、官房長官もいいけど、次も当選することが最大の課題じゃないのかな」

牧村幹事長の派閥から大臣になっている先輩議員が言った。

「君のところじゃ、前回落選した升田さんの評判がじつにいいそうじゃないか。今度は十万票か十五万票は取るんじゃないかと言われてるよ。そうなると、革新の新人で、前回落ちた久島雄大も当選する可能性がある。そうなると現職の君を含めて、小野、長岡、この三人のうちの二人が落選するということも考えられるからね。とにかく次の厳しい選挙を乗り切ることが、最大の課題だよ。まあ、官房長官という夢はそれから描くべきじゃないのかね」

その先輩議員の大臣はそう言った。

「いやまさにそのとおりです」

鳥原は痛いところを突かれて恐縮をした。

まさに大臣の先輩議員の言うとおりであった。

次の選挙で、升田が一挙に十五万票の大台に乗せる票を取ったとすると、革新の現職の古谷のほかに前回升田の次で落選をした久島も当選が可能になってくる。

そうすると定員四名のうちで、革新が二つを占《し》め、升田が返り咲くとすると、残る椅子はひとつになる。

そのひとつの椅子を長岡、小野、そして鳥原の三人が争うことになる。

しかも、その三人の中のひとりは県民に絶対の人気を持つ前県知事の小野である。

どうみても一番不利なのは、鳥原ということになっていく。

選挙区のことを言われると、鳥原は励ます会の会場からただちに選挙区に飛んで帰りたい気持ちになった。

八章　醜聞《スキャンダル》

る。

1

励ます会で懐《ふところ》は温かくなったが、鳥原はその金を一気に使うことはしなかった。まず升田がどれだけ票を取るか、そのかき集めぶりを拝見するという態度に出たのである。

升田が金を使い票をかき集められるだけ集めたあとで、鳥原は票の買い戻しにかかればいいのである。

そのときには、升田の資金はほとんど残っていないはずである。

升田が金を使って必死で票集めをしているときに、こちらも金を使えば一票の単価をいたずらに吊《つ》り上げるばかりである。

それは賢明なやり方とは言えなかった。

金で買った票は、栄養分をほしがる票である。何度も栄養を、つまりお金を注ぎ込んでもらうのを期待する性質がある。

そのときに第二弾、第三弾の栄養が続かないと、たちまち票は離反するのである。

その頃を見計《みはか》らって、より少ない金で票の買い戻しを計る。

これが有効な金の使い方なのである。

そのことを、これまでの地方議員の選挙を通じて、鳥原は熟知していた。

まず頻繁《ひんぱん》に選挙区に顔を出し、出来るだけ金のかからない票を集める。金のかかる票は最後の土壇場《どたんば》で買い戻せばいいのである。

励ます会が終わると、鳥原の金帰火来が再開された。

金曜日に選挙区に帰るたびに、鳥原の耳に東京の秘書の静代のかんばしくない話が頻繁に飛び込んで来るようになった。

選挙区の後援会の幹部が上京しても、応対がなっていないというのである。

光枝の差し金だな……。

鳥原はそう思った。

光枝が選挙区の幹部をたきつけて、静代の悪口をしきりに鳥原の耳に吹き込むようにさせているのだ。

光枝の言うことであれば、鳥原は取り合わないが、後援会の幹部の意見ということになると、無視することは出来ない。

そのことを光枝は充分に承知していた。

困ったことになったな……。

鳥原は静代のそういった話が入って来るたびに眉《まゆ》を曇らせた。

鳥原にとって最大のテーマは再選である。

しかしその鳥原にとって、最も重要なテーマと別のところで光枝と静代の女の戦いは始まっていた。

「静代さんに、東京の秘書をやめていただいたらどうかしら」

充分に鳥原の耳に静代のよからぬ話が入ったあたりで、光枝はそう切り出して来た。

「しかし、そうは言っても、すぐに後釜《あとがま》は見つからないよ」

鳥原は苦《にが》り切って言った。

「後釜なんて、大したことじゃないもの。仕事は岡本さんが切り盛りしているし、お茶くみくらいでいいでしょ。だったら、うちの後援会の幹部で娘さんが東京の大学に行ってる人もいるし、そういった人の娘さんの助けを借りたらどうかしら」

「しかし学生さんじゃ、議員会館に詰めっきりというわけにはいかないだろ」

「それじゃ、大学を今年出る後援会の幹部のお嬢さんを、正式に秘書に雇ったらどう。そのほうが票も出ることだし。何もあんな評判の悪い静代さんを東京の事務所に置いておくことはないわよ」

光枝はそう言う。

光枝の言うことは正論であった。

押し切られそうだな……。

鳥原はそう思った。

2

鳥原の励ます会が行なわれてから三ヵ月たったとき、鳥原は静代をやめさせた。そのかわり生活の面倒はすべてみる。

そう言ったのだ。

「つまり秘書をやめて専属の愛人になれっていうわけなの？」

静代は言った。

「そのほうがいい」

「奥さんね。そういうふうにさせたのは」

静代は言った。

「いや、おれがそうしたほうがいいと思ったからだ」

鳥原は言った。

もとはと言えば、静代がうまく立ち回らなかったことにある。

妻である光枝に嫉妬し、悪い態度を取ったから、それが光枝を怒らせたのである。

しかし、今ここでそれを言い出してもはじまらない。鳥原はすべてを自分がひっかぶることにしたのだ。

「わたし、愛人だけじゃつまんない。やっぱり秘書の仕事もやりたいわ」

静代はそう言った。

秘書をやめる意志がないことを、はっきりと表明したのだ。

そう居直《いなお》られると鳥原は困る。

「一番大事なのは、おれが次の選挙で再選されるということなんだ。このままではひとつのポストを保守の現職の三人が争うことになる。そうなると、三人のうち二人は落ちるんだ。落ちないためには一番いい方法を取らなきゃいけない。それには、ここで君に秘書から身を引いてもらうのが一番なんだよ」

鳥原は静代を説得した。

「そうね。あなたにとっては再選が一番大事でしょうね。でも女にとって一番大事なことって、もっと違うことなのよ」

静代は言う。

「いや、それはよくわかる。よくわかるけど、何とかここはおれの言うことを聞いてほしいんだ」

鳥原は言った。

「言うことを聞きたくない」

静代は言う。

「頼むよ」

鳥原は静代に頭を下げた。

「わたしね。先生のことが好きなの。だから身も心も先生に捧《ささ》げたのよ」

静代は鳥原を睨んだ。

「それはよくわかってるよ。君はおれによく尽くしてくれた。そのことにはとても感謝をしている」

「だったらわたしに秘書を続けさせて」

「君もわからない人だな。君が秘書でいてくれると、ぼくは困った立場になるんだよ。だから黙って身を引いてほしいんだ」

鳥原は懸命に説得をした。

今にも堪忍袋《かんにんぶくろ》の緒《お》が切れそうだった。

しかし、癇癪《かんしゃく》を破裂させてはすべてが無駄になる、そう思って鳥原は必死で感情を押し殺し、静代を説得した。

「愛する人にそう言われると弱いな」

ついに静代は折れた。

「そうか。わかってくれるか。ありがとう。一応形の上だけど、退職金を渡すよ」

鳥原は言った。

「退職金ね。ありがたくいただくわ。いくらくださるの？」

「百万だ。百万円用意する」

「それっぽっち？」

「それっぽっちってことはないだろ。まだ一年にもならないんだから」

「そんなもの期間で計算出来ると思うの？」

静代はそう言う。

「一年未満で、何回、わたしの体を必要としたと思うの？」

静代は痛いところを突いて来た。

「いくら出せばいいのかね」

鳥原はひるんだ。

「五百万ほしいわ」

静代は言った。

「えっ？」

法外な金額に鳥原は目を剝いた。

「わたし、五百万でも高くないと思うのよ」

「そ、そんな――」

「この間、励ます会で三千万からのお金入ったでしょ」

「あれは次の選挙のための、虎の子の大事な金なんだ」

「わたしにとっても秘書をやめるというのは、とても大事なことなのよ。その中から五百万ぽっち、そうけちらなくてもいいと思うんだけど」

「そんな無茶な。じゃ、二百万にする。二百万だけで何とか我慢してくれないか」

鳥原は言った。

「たったそれっぽっち?」

静代は鼻先でせせら笑った。

「な、頼む、これからも君の面倒をみていくんだし、二百万で何とか頼むよ」

鳥原は静代に手を合わせた。

「いいわ。それじゃ二百万で折り合ってあげます」

静代は言った。

鳥原はただちに銀行に駆けつけた。

仮名の口座で預金をしていた中から二百万を引き出し、議員会館に引き返す。

仮名の銀行口座から預金を引き出すときには、秘書の岡本は使わない。自分でやるのだ。

鳥原は引き出した二百万を静代に渡した。

「ありがとう」

静代はその二百万円をハンドバッグに入れると、腰を上げ、鳥原に一礼して、議員会館の部屋を早足で出て行った。

「あっ、君、事務の引き継ぎ……」

鳥原がそう言い掛けたときには、静代の姿はすでに消えてしまっていた。

「まあ、事務の引き継ぎも別にないか」

鳥原は女の睨み合いから解放されてほっと溜息を吐《つ》いた。

選挙区の光枝に電話を入れる。

「静代君だけど、たった今、やめてもらったよ」

光枝にそう言う。

「よかったわ。それじゃ、すぐに後任の人を、こちらの後援会の幹部の人と相談して決めますから」

光枝はうれしそうに言った。

女の戦いに勝った喜びが、その声にあふれていた。

3

その夜、鳥原は静代のマンションへ出掛けた。

しかし、いつまで待っても静代は帰って来なかった。

鳥原はあくる朝までまんじりともせずに静代の帰りを待った。

しかし、ついに静代はマンションには戻って来なかった。

鳥原は悪い予感を感じた。

ひょっとして静代がどこかで自殺でもしたのではないかと思ったのだ。

静代の遺書が発見され、遺書の中で鳥原とのことが、こと細《こま》かに書かれ、それがマスコミの手に入ったら……。

そう思うと鳥原は居《い》ても立ってもいられない気持ちだった。

鳥原は午前九時まで待って、マンションを出た。

議員会館の部屋に入る。

鳥原は不機嫌に黙り込んだまま、自分の机の前に腰を下ろした。

「きょう静代さんがまだなんですが」

岡本が入って来て言った。

「あれはやめたよ」

「えっ？」

「やめたと言ってるんだ」

「また、突然に。何かあったんですか」

「そんなことは君の知ったことじゃない」

鳥原は不機嫌さを丸出しにして、言葉を岡本に投げつけた。

「チエミを呼んでくれ」

「選挙区からどなたか、出て来られるのですか」

岡本は尋ねた。

「そうじゃない。おれが抱くんだ」

鳥原は言った。

「わかりました」

岡本はあきれたような顔をして秘書室に戻った。

「先生、今から呼ぶんですか」

秘書室から岡本が尋ねる。

「夜だ。今夜六時に、議員宿舎のおれの部屋に来るように言ってくれ」

「わかりました。しかし、先生、議員宿舎では」

「いいんだよ。これまでも何回も議員宿舎に泊めている。議員宿舎の衛士には娘だと言ってあるんだ」

「わかりました」

岡本はそれ以上なにも尋ねなかった。

その晩、鳥原はチエミの若い体を抱いて、いやなことを忘れようとした。

静代はベッドの中で鳥原の欲棒をくわえて愛撫したりして楽しませてくれた。

しかし、チエミはただ丸太ん棒のように横たわって鳥原に抱かれるだけである。

静代は女の喜びを知っていたが、チエミはまだまだ女の喜びどころではない。

鳥原はそんなチエミを抱いているうちに、飽きてしまった。心の不満が、まるでいやされることがないのだ。

鳥原は自分が本当に必要としているのは、女のやさしさであることに気がついた。

静代は光枝やほかの女たちにとっては愛想の悪い女だったかもしれないが、鳥原にとっては単身上京生活の無聊《ぶりよう》をなぐさめてくれるやさしい女だった。

そのことを、鳥原はチエミを抱いてはっきりと確信した。

あす、もしも静代がマンションに帰っていたらこの満たされぬ気持ちをぶつけよう。

お前がおれには必要だ。

そう言おう。

鳥原はチエミを抱きながらそう思った。

4

翌日、鳥原は一日中静代のマンションに電話を掛け続けた。
しかし、応答はなかった。
電話に出ないのではなく、まだ帰っていないのだろう。
鳥原はそう思った。
お昼のNHKニュースを鳥原はテレビにかじりついて眺めた。
しかし、静代が自殺したようなニュースはまったく流れて来なかった。
どこに行ったのだろう、静代のやつ……。
鳥原は行方《ゆくえ》のわからない静代に苛立《いら》った。
その翌日は選挙区に帰らなければならない日だった。
鳥原はうしろ髪を引かれる思いで選挙区に向かった。
選挙区の情勢はますます悪化していた。
とにかくどこへ行っても、升田、升田で、落選中の升田人気がものすごいのである。
選挙区では、鳥原のとの字も聞かれない状態だった。
長岡も小野も鳥原も影が薄くなってしまっていた。

政治家の実力からすると、升田は長岡、小野、そして鳥原の誰よりも実力を持っていた。

小野にしても県知事としては絶大な人気を持っていたが、政治家としては升田の前では赤子《あかご》同然である。

「早く栄養を補給しないと、選挙区は枯れ野原になってしまいますよ」

鳥原にそう言って来る、後援会幹部もいた。

「まだ解散は先だ。そうあわてることはないよ」

鳥原は口ではそう言い、平静を装っていた。

小野のところでは、早くも栄養を補給しはじめたという話も入って来た。

しかし、鳥原は金を撒《ま》かなかった。

じっと耐えていたのだ。

「升田の増勢がストップしたら知らせてくれ。そこが反撃開始の時点になる」

鳥原は後援会の幹部にそう言った。

「升田陣営は今は日の出の勢いだ。落選をテコにぐんぐん勢力を拡大している。そういうときに立ち向かっても無駄なんだ。相手の勢いが伸び切って、これ以上伸びないというところが反撃のチャンスなんだ。そういうときにたたいて票の引き戻しにかかる。それまでつらいだろうが、みんなこれ以上票を減らさないように留守を守ってほしい」

鳥原はそう言った。

鳥原は各地で開く国会報告会で、自分が牧村に、将来は派を託すとまで言われたということをしきりに宣伝した。

当選一回の若輩議員で、牧村幹事長からそこまで言われた鳥原十三郎は、無限の可能性を秘めた大物政治家である。

そう言って回ったのだ。

今は金ではなく、人間的な魅力、あるいは政治家として未知数の魅力を持っているということを有権者に訴えて、升田に流れる票を阻止するほかはなかった。

升田は完成された政治家である。

鳥原は未完の政治家である。

魅力は未完の政治家のほうにあるはずである。

鳥原はそうにらんでいた。

国会ではさまざまな問題が、うたかたのごとく浮かび上がり、また沈んでいった。

政界の流れはよどんでいた。

一寸先が誰にも見えない、濁ったよどみである。

鳥原は選挙区を駆け回りながらじっと時期が来るのを待った。

5

静代は依然として行方がわからなかった。

何の連絡もない。

どうしてるんだろうと、鳥原は思ったが、別に積極的に探そうとはしなかった。

二百万円渡したから、どこか温泉でも行ってのんびりしてるのかもしれない……。

そうも思う。

はじめのうちは自殺をしたのではないかなどと、悪いことを想像していたのだが、しばらく時間が経《た》つと、どこかへ身を隠しているのだろうと考えるようになった。

「幹事長からお電話です」

隣りの部屋から岡本が叫んだ。

「よし、切り換えてくれ」

鳥原は机の電話に飛びついた。

「はい、鳥原でございます」

元気よく言う。

「ちょっと幹事長室の方へ来てくれないか。いい話があるんだ」

牧村幹事長はそう言った。

「はい、これからすぐにまいります」

鳥原は電話を置くと、ちょっと幹事長に会ってくる、と岡本に言い残して、議員会館を飛び出した。

牧村は党本部の幹事長室にいる。

党本部までは歩いて四、五分の距離だが、鳥原は議員会館を出たところでタクシーを拾った。

「保守党の党本部へ行ってくれ」

そう言う。

衆議院からは、各党の議員数に応じて公用車が何台か割り当てられているのだが、そういう公用車を使えるのはボスたちだけである。

一年生議員にはそういった車はまわって来ない。中には自分で運転手を雇っているのもいるが、一年生議員では会社などを経営していない限り運転手つきの車には乗れない。秘書に自分の車を運転させるか、タクシーを使うしかないのだ。

鳥原は党本部に着くと、幹事長室に飛び込んだ。

「あ、いらっしゃい。先生、お待ちかねですよ」

入り口の机に坐っていた秘書が言う。

鳥原は奥の部屋のドアをノックすると中に入った。

「やあ、鳥原君か。待っていた」

書類に目を通していた牧村は顔を上げて、鳥原を見た。

「まあ、そこへ坐りたまえ」

机のそばにあるソファを顎で指す。

鳥原は体を硬くしてソファに坐った。

「じつはね、東南アジアに視察団を送ることになったんだが、うちの派からもひとりほど出してくれというので、君を推薦しようと思うんだが。どうだね。行ってみないかね。全部費用は党が持つ」

牧村は笑顔で言った。

「ぜひ行かせていただきたいと思います」

鳥原は頭を下げた。

「この視察団には各党からいろいろ代表も入るんだが、こちらは与党だ。君を副団長ということにしようと思うんだが」

「ありがとうございます」

鳥原はもう一度頭を下げた。

一年生議員には副団長であっても長がつく役目はありがたいことである。

これはこれで選挙区に帰っての自慢話になるからである。

「ぜひ副団長でお願いいたします」

鳥原はペコペコと頭を下げた。

「それじゃ、そのように言っておく。まあ、わかっておるだろうが、現地から後援会の幹部にはせっせと葉書を出すことだな、絵葉書を。その絵葉書は現地に行って調達するのも大変だろうから、あらかじめこっちで用意して、文面と宛先を書いて持っていくのだ。それを現地の大使館の者に頼むよと渡せば、大使館のほうで切手を貼って投函してくれる。そうやって選挙区の人にご機嫌を伺《うかが》うわけだな。切手代が浮くし、タダで後援会のご機嫌が伺えるから、これはぜひやりなさい。土産物なんかは主だったものにネクタイの一本でも買って帰ればいいんじゃないか」

牧村幹事長は海外での心得をいろいろ教えてくれた。

「女は、大使館の者に耳打ちすれば、遊ばせてくれる。そのときは、野党の議員を誘うことを忘れないことだ」

「はい」

「出発は二週間後だ。それまでは片づけることがあったら、片づけておくことだな。出発の前日に結団式がある。餞別《せんべつ》はそのときにやるよ」

「ありがとうございます」

鳥原は胸をふくらませて幹事長室を出た。

やはり幹事長という要職にあるボスにはかわいがられるべきである。

そうも思う。

旅行の帰りに幹事長夫人にちょっとしたものでも買って帰ろう、鳥原はそう思った。

6

鳥原は議員会館に帰って来ると、ただちに吉報を選挙区に知らせることにした。

「そうだな。まず池中君から知らせるか」

選挙事務長をやってくれ、現在も県の連合青年団長をしながら、鳥原十三郎後援会の副会長をやってくれている池中に、まず吉報を知らせることにした。

岡本に電話をさせる。

「池中君がいたら、おれ、代わるからね」

「わかりました」

岡本は選挙区の池中に電話を掛けた。

電話も市外用は衆議院の電話、というように決めている。

議員室には衆議院からの電話のほかに、自分の費用で引いた電話もある。

自分で引いた電話代は自分で払わなければならないから、市外通話はしないことにしている。

市外通話はすべて衆議院が電話代を持つほうの電話で掛けることにしているのだ。

みみっちいが、そうやって少しでも経費を節約していかなければ、懐にこたえるのである。

「池中さんが電話に出られました」

岡本が言った。

「よし、切り換えてくれ」

鳥原は電話を取った。

「やあ池中君か。じつはね、今、幹事長に呼ばれて、今度、東南アジア視察団に加わって副団長で参加をすることになったんだよ」

鳥原は電話に出た池中にそう言った。

「それは先生おめでとうございます。ところで先生、妙なものが出回っているんですがご存じですか」

池中はまるで鳥原の電話を待ち構えていたようにそう言った。

「妙なもの？　何だい、それは」

鳥原は受話器を持ちかえた。

「いわゆる怪文書というやつですよ。先生に、いったいこれはどうしたものかと問い合わせの電話をしようと思っていたところなんですよ。たった今、わたしも入手したばかりで目を通しているんですがね」

「ほう、怪文書だって。ちょっとそれをうちの事務所に持っていって、ファックスでこっちへ送らせてくれないか」

「そうですね。そのほうがいいかもしれない。じゃすぐにファックスでお送りしますよ。ひどい怪文書ですからね」

池中はそう言った。

鳥原は不安になった。

落選した升田の大量得票が確実になったために、鳥原と長岡、小野の保守の現職の三人のうちのふたりは落選だというふうに見られている。

長岡も小野も生き残りに死にもの狂いになっている。

その連中が、ひょっとして怪文書をばら撒《ま》く手を考えたのかもしれない……。

そうも思う。

二十分ほどで怪文書はファックスで送られてきた。

怪文書の見出しは、『助ベェ代議士鳥原十三郎議員のあきれた桃色行状』となっていた。

鳥原は眉をひそめた。

本文に目を通す。

そこには、まず、鳥原と未成年の若いチエミとの関係が、ほぼ事実に沿って暴露してあった。

二番目には、元バスガイドで選挙カーに乗ってウグイス嬢の役をやった女を、鳥原が東京の秘書兼愛人にし、ただれた生活を送っていたが、それが妻にばれてその女性をくびにしたことが書いてあった。

国政を放り出して、女遊びに狂っている鳥原十三郎は、代議士としての資格は皆無である。鳥原十三郎は、この際、ポルノ映画の男優に転向したほうがいいのではないか。

そんなことまで書いてあった。

読んでいるうちに鳥原は頭に血が昇って来た。怪文書のコピーを持つ手が小刻《こきざ》みに震《ふる》える。

怪文書の発行者の名義は『鳥原十三郎を告発する会・代表小鳥愛子《ことりあいこ》』になっていた。

もちろん、小鳥愛子は偽名である。

怪文書を読み終わったところに、池中から電話が掛かった。

「誰でしょうね。こういうものを書いて選挙区にばら撒いたやつは」

池中は言った。

「チエミがしゃべったのですかね。そうしたら、オレの名前も出て来ますよ。困ったことになっちゃったなァ」

池中は途方に暮れた声を出した。

「バラしたのは、たぶん、小島静代だ」

鳥原はうめくように言った。

「静代さんが？　まさか」

「しかしそれしか考えられん」

鳥原はうめいた。

鳥原がチエミと淫行をしていたことを知ってるものは、電話を掛けて来ている池中と、静代しかいない。

第一秘書の岡本はチエミと鳥原が、以前から関係があったことは知ってはいない。

しかも、静代を鳥原が愛人にしていたことは、池中も知らない。

つまりその間の事情を一番よく知っているのは、当の静代ということになる。

「そう言えば、静代さんをどういう理由でやめさせたんですか」

池中は尋ねた。

「どういう理由もこういう理由もないよ。おれはやめさせたくなかったのだが、地元の後援者に評判が悪いからやめさせろという圧力が強くてね」

「誰です、そんなことを言ったのは？」

「いや、主に婦人層だよ」

「それで理由もなく静代さんをやめさせたんですか」

「そうだ」

「まずいなあ、それは」

「いや、ぼくもやめさせることについては反対だったんだ。しかし、このままでは地元の票が減ると言われて、やむなく静代を切ったんだよ」

鳥原はそう言う。

「しかし、やるものはやったんでしょ」

「うん。退職金として金は出した」

「いくら出したんですか」

「二百万だ。はじめ百万出すと言ったら、静代はもっとよこせと言ってね。とてもじゃない、貧乏代議士にそんな金あるわけないじゃないか、そう言ってね。二百万渡したんだ。おそらくそれに不満だったんだろうな。だから長岡、小野に寝返って、こういう文書を印刷させたに違いない」

「静代さん、いくらほしい、と言ったのですか」

「五百万だ」

「そんなにもですか」

「そうだ」

「五百万はベラ棒ですね」

「そう思うだろう。だから、二百万に値切ったのだ」

「どこにいるんです、静代さんは」

池中は言った。

「それが連絡がつかないんだ。どこにいるかもわからない。東京のマンションはその後連絡を取っているが、まったく電話は通じないんだ」

「どうなさるつもりですか。この怪文書が、今後、選挙区に出回ると、後援会に動揺が生じるのは確実ですよ」

池中は言う。

「書かれていることは事実無根と言って否定するしかないな」

「事実無根と言い切ってもかまわないのですか」

池中は尋ねた。

「そう言うほかはないじゃないか。そんなもの事実として認めるわけにはいかんよ。たとえ書かれていることが事実であったとしてもだ。証拠のないことだ。証拠のないことは否定するしかないよ」

鳥原は不機嫌そうに言った。

「うん、確かに事実であっても証拠がないか」

池中は安心したように言った。

7

後援会の幹部のなかには、鳥原の世話でチエミやミツコを抱いた人間が少なからずいた。

怪文書がばら撒かれると、彼らを中心に動揺が広がっていった。

自分の名前も出るのではないか、という不安が彼らの動揺を増幅したのだ。

チエミやミツコを抱いた男たちの中には、教育関係者や会社の経営者、僧侶などもいた。

その動揺を収めるために鳥原は、東京から地元の後援会に向けて、ステートメントを発表した。

『地元を中心に、鳥原十三郎に関する根も葉もないことを記述した怪文書がばら撒かれておりますが、鳥原十三郎はそういった悪質なデマに敢然と立ち向かうつもりでございます。

鳥原十三郎は、この度、牧村幹事長のご推薦をいただきまして、東南アジア視察団の副団長として近日中に出発することが決まりました。どうか後援会の皆様方も、こういった悪質なデマには動揺することなく、今後も、鳥原十三郎を信じてご支持をお願いいたします』

そういうステートメントを発表したのである。

しかし、怪文書には第二弾が用意されていた。

その第二弾では、鳥原がチエミと議員宿舎で関係しているところを、秘書だった静代に目撃されたこと、あるいは選挙事務長を務《つと》めた池中と、その少女を共有して、いわゆる穴兄弟の関係にあることなどが書かれていた。

そこに書かれていることから、静代が怪文書の情報源であることは間違いなかった。

池中は震える声で電話を掛けて来た。

「あの女、見つけ次第、ぶっ殺してやる」

池中は電話口でそう叫んだ。

「おれの名前まで出しおって」

そう言う。

「否定するんだ。証拠は何もない」

鳥原は池中に言った。

「しかしこっちは大変ですよ。連合青年団の中には、わたしにやめろと詰め寄るものが出て来ましたからね」

池中は言う。

「証拠がないことだ。証拠がないじゃないか。そんなことで動揺するんじゃないよ」

鳥原は言った。

「あのチエミとミツコをどこかに隔離してくれませんか。あの二人を突き止められて、証言をさせられたら、こっちは一巻の終わりですからね」

池中は言う。

「それも考えておこう」

「こっちは、チエミやミツコを、殺し屋を雇って片づけたいくらいですよ。きっとベラベラしゃべりますよ。あの女の子たちは」

池中は言う。

「それも考えておこう」

鳥原はそう言って、池中をなぐさめた。

——そうか。チエミとミツコを消すということも考えなきゃいかんのだな——。

鳥原は電話を切ると、腕組みをして胸の中でそうつぶやいた。

スキャンダルが出かかったとき、そのスキャンダルを消す方法として、証人を抹殺してしまう手は古典的なテクニックである。

もちろんリスクは大きい。

殺人犯には正犯と従犯があるが、とにかく殺人犯という汚名を着なければならないからである。

そうまでして代議士の座にしがみつかなければならないのだろうか。

鳥原はそう思った。

やはりそうまでして、代議士の座にはしがみつかねばならないのかもしれないな。

そうも思う。

チエミもミツコも、誰かが消してしまったとしても、社会に与える影響はまるでない、小さい存在である。

おそらくチエミやミツコの親たちにしても、自分たちの家名を汚す存在が消えてしまったことでせいせいするかもしれない。

そんな女の子たちなのだ。

いざとなったら、チエミとミツコを呼び出して、睡眠薬を飲ませ眠らせ、レンタカーでも借り出して、その車を川に転落させるかして、二人を葬《ほうむ》らなければならないかもしれないな。

鳥原はそう思った。

あとは静代の始末である。

静代の潜伏先を突き止めて、やはり殺すことも考えなければならないだろう……。

そう思う。

自分が手を下せないときは、そういったことを専門に行なっている黒い紳士の手を借りなければならないだろう。

そうも思う。

鳥原は改めて池中に電話をした。

「心配しなくてもいいよ。これ以上スキャンダルが広がり、チエミやミツコが証言者としてひっぱり出されるようなことがあれば、専門筋に頼んできちんと口を封じるよ」

鳥原は池中に言った。

「先生を信じていいんですね。本当に証拠が出ないうちはいいんですが、証人にシャシャリ出られたら、わたしは終わりですよ。わたしだけじゃない。先生も終わりだ」

池中は押し殺した声で言う。

「わかってる。おれはおれの野望の前に立ちふさがるやつは、どんな手段を講じても排除する。たとえ殺してもだ」

鳥原はきっぱりと言った。

8

鳥原に関する怪文書がばら撒かれたのを契機に、升田の後援会拡大の動きはストップした。

本来は、そこが鳥原のねらっていた反撃のチャンスなのである。

升田の軍資金が乏しくなってきたという情報も流れて来た。

まさに反撃のチャンスである。

しかし、鳥原は反撃をするどころか、スキャンダルの否定という、身に降りかかる火の粉を振り払うことに懸命だった。

女のスキャンダルは有権者の関心を引く。

「うそだ。絶対にそんなことはない。もしも怪文書の言うことが本当だというのであれば、証人を出して来いと言いたい。証拠を出せと言いたい。証拠も証人もなしに、こういう無責任なことを言い触らすのは、明らかにある意図を持った謀略である。わたしはそういった謀略に断固としてたち向かって、身の潔白を証明したい」

鳥原は選挙区に帰ると、有権者に頭を下げてそう言った。

そんなときに、新しい後援者を獲得する動きはとても無理である。

まず後援会の内部の動揺を沈静化させるのが先決である。新しい票を獲得する活動に入るのはそれからである。

幸い、チエミやミッコが証人としてひっぱり出されることはなかった。

週刊誌が、鳥原の身辺を嗅《か》ぎ回りはじめた。

そのことは議員宿舎の衛士に聞かされた。

「先生の部屋に来ていた女がいるだろうと、尋ねて来ましたよ、週刊誌が」

そう言ったのだ。

「確かに尋ねて来たけど、先生の身内の方だと答えておきました」

衛士はそう言う。

「いや、君たちにも大変な迷惑をかけるな。これで一杯やってくれ」

そう言って、鳥原は衛士に三万円を握らせた。

「これは申し訳ありません」

衛士はにやりと笑ってその金をポケットにおさめた。

スキャンダルが起こると不要な出費が重なる。その出費をけちるようでは、スキャンダルはとめどもなく拡大していく。

費用をかけても早め、早めにスキャンダルの芽はつぶしていくに限るのだ。

議員会館の鳥原のところにも、マスコミの取材の申込みが相次いだ。

マスコミの応対は、ひとつ間違うと、厄介《やっかい》なことになる。

鳥原は岡本に、忙しくてそんな根も葉もない悪質デマの真偽《しんぎ》の取材に応じている暇はない、と言って断わらせた。

議員会館を出ようとしたときに、マスコミの人間に取り囲まれたこともある。

「不良女子高生のグループで、議員宿舎に泊まりに行ったという女の子がいるんですがね」

鳥原を取り囲んで、そう質問をした記者もいる。

「知らんねえ、そういう子は。本当にその子が鳥原十三郎のところに泊まりに行った、と言ってるの？　部屋の間取りと、調度品のことなど聞いたのかね、その子に。まあ、ロリコン趣味の議員さんがいらっしゃって、そういう子をひっぱり込んだのかもしれないが、わたしには無関係だ。わたしは被害者なんだ、怪文書の。君たち、根も葉もないことの真相をつかもうとしたって何も出て来ないよ。それよりも、怪文書でぼくをいじめてる連中を君たちの取材力で突き止め、奴らのかぶっている仮面をひっぺがしてくれないかね。名誉毀損《きそん》で訴えてやる」

鳥原はそう言った。

怪文書のことは週刊誌が採り上げてから、院内でも評判になった。

「だいぶいじめられてるなあ、鳥原君」

先輩議員がニヤニヤしながらそう言う。

東南アジア視察団で一緒に出掛けることになっていた革新の議員たちも、鳥原を見るとニヤニヤした。

「激戦区というのはつらいもんですな。鳥原先生」

そう言う野党議員もいた。

みんな怪文書の出どころは、当選が危なくなった、長岡や小野の線から出て来たものではないかと思っているようであった。

そんなとき、行方をくらましていた静代が議員会館の鳥原のところに電話を掛けて来た。

「心配してたんだよ。どこにいた」

鳥原は静代に言った。

「心配したなんて嘘でしょ」

「嘘じゃない。君に会ったら、やっぱり君を抱かなきゃ、精神が休まらないから、帰って来てほしい、と言うつもりだった」

鳥原は言った。

「怪文書、わたしが書かせたんだと思って、探し回ってたんでしょ。そして、人気《ひとけ》のない山奥にでもわたしを誘い込んで、殺して死体を埋めてしまおう、そう考えていたはずよ、先生は」

　静代は言った。

「そんなことないよ」

　心の中を見透《みす》かされて鳥原は慌《あわ》てた。

「戻って来てくれないか」

　そう言う。

「もう、遅いわ」

「遅い？」

「怪文書を書かせているのは、わたしよ」

　静代は自分がディップスロートであることを電話で認めた。

「君が？」

「もっともっとばらしましょうか。わたし、小出しにしているのよ」

「何が目的なんだ」

「だから言ったでしょ。五百万よ。二百万もらったから、あと三百万でいいわ。あと三百万をくださるのなら、これ以上しゃべりません」

　静代は言う。

「よし、三百万だね。取りに来いよ。払ってあげる」

「取りになんか行きませんよ。殺されたら元も子もないもの」

静代は言う。

「それじゃどうしろと言うのかね」

「わたしの銀行口座に振り込んでいただきたいわ」

静代は都銀の名前を上げ、口座のナンバーを言った。

「その口座に振り込んでもらったら、全国どこの支店でも、あるいはほかの銀行からもカードで引き出せるわ。そこに三百万振り込んでいただいたら、わたし、もう何もしゃべりません」

静代は言う。

——完敗だな。

鳥原はそう思った。

「わかった。きょう中に三百万円を君の口座に振り込むよ」

「ありがとう。じゃ、先生お元気でね。次の選挙での当選、祈ってるわよ」

静代は電話を切った。

9

鳥原は約束どおり、静代の言った口座に三百万円を振り込んだ。

いまいましいと思うと同時に、これで怪文書から解放されると思ってほっとする。

銀行で静代に三百万円を振り込むと、鳥原は池中に電話をした。

「静代とはけりがついたよ。もう三百万くれと言うので指定してきた銀行に振り込んだところだ」

鳥原は言った。

「そうですか。それではこれ以上、怪文書は出ないんですね」

「そうだ。これ以上、怪文書は出ない」

「そうですか。それでは一段落ということなんですね」

池中は肩の荷を下ろしたというような口調だった。

「そうだ」

「でも、大変な差がついてしまいましたよ、スキャンダルが出たために。どうするんですか」

「頑張って巻き返すしかない」

「長岡や小野が、先生のスキャンダルが出てる間に、どんどん地盤を固めてしまいましたよ。先生の立ち遅れは大変なものですよ。次の選挙で当選をするのは、容易なことじゃありませんよ」

「それは百も承知だよ。これからは、金を使っていくことも覚悟している」

「早めに手を打ったほうがいいですよ。ひょっとすると、今度のこのスキャンダルは、先生の致命傷になりかねないかもしれませんからね」

池中はそう言った。

「頼むよ。また大いに力を貸してほしい」

「力は貸しますよ。貸しますけどね。次の選挙では、あるいはということも覚悟しておいてください」

池中はそう言う。

「先生も一回落選して、升田さんのように這《は》い上がったほうがかえっていいかもしれない」

そうも言う。

「冗談を言うなよ、池中君。升田さんは当選を重ねて来て、実力がある人だから、一回の落選で、最高点でカムバックするほどの選挙運動が展開出来たんだ。ぼくみたいな、当選一回の議員が、落選をしたら、カムバックどころか致命傷を受けかねない。そしたら、将来、官房長官になるというぼくの青写真は、どこかにふっ飛んでしまう。頼むよ。ぼくを官房長官にするために、また力を貸してくれ。とにかく連続当選をしなければだめなんだ」

鳥原は受話器を握って、池中に大演説をぶった。

「気持ちはわかりますよ。しかし現実を見てほしいんです。升田さんが次の選挙では、最高点を取ろうかという猛烈な後援会拡大戦術でやって来ている。小野さんは、前知事の知名度を生かして、さらに後援会を拡大しようとしている。長岡さんは、安定した実績を持っている。何もないのは鳥原先生だけですよ。鳥原先生にはスキャンダルしかないんだ。これでどうやって勝つんですか」

池中は言う。

「どうやって勝つかと聞かれても、とにかくやるしかないんだ」

そう答えながら、鳥原は絶望的な気分になっていた。

スキャンダルが二つの肩に重くのしかかっていた。

それは呼吸が出来ないほど重く感じられた。

おれの野望はひょっとして当選一回の代議士で終わるのかもしれないな……。

鳥原はそう思った。

暗澹《あんたん》たる気持ちだった。

10

怪文書の第三弾は出なかった。

しかし、選挙区では、これで鳥原は息の根を止められた、と見る有権者が大半だった。

鳥原は絶望的な気持ちにムチ打って、意味のない金帰火来《きんきからい》を繰り返していた。

選挙区では、長岡と小野の一騎打ちの様相が濃厚になり、有権者の関心も、生き残るのは長岡か小野かに集まっていた。

そんなときに、長岡にスキャンダルが噴《ふ》き出した。

長岡が後援会の幹部の経営する会社に、国から巨額の融資を斡旋《あっせん》し、その見返りに五千万円もの政治献金を受けていたことが暴露されたのである。

女のスキャンダルも政治家にとっては深刻な打撃を与えるが、金のスキャンダルは金額によっては、それ以上に有権者の恨《うら》みを買う。

長岡は、当初、このスキャンダルを否定した。

一銭も貰っていない、と言ったのである。

しかし、ことが金銭だけに、次々に証拠が出て来た。

その証拠を突きつけられ、長岡は前言を翻《ひるがえ》し、金銭の授受があったことを認めた。

その金額は、当初、五千万円と言われていたが、長岡の複数の後援会に、合計一億円がおさめられていることが判明したのだ。

そのことが明らかになると、長岡の後援会はパニック状態になった。

次々と、最高幹部が長岡後援会からの脱会を表明したのだ。

長岡はお国入りをして釈明をしたいようだった。

しかし、検察の事情聴取にも応じなければならず、選挙区入りは思うにまかせなかった。

長岡後援会は荒れるにまかされてしまった。

これで、勝負があった。

四番目の代議士のポストは前知事の小野に決まった。

誰もがそう思った。

小野陣営でも、長岡の自滅に祝盃を上げたのである。

そんなところに、今度は、小野陣営をスキャンダルが襲った。

知事時代に小野が計画し、後任者に引き継いだ、県営総合グラウンド新設をめぐる汚職が火を噴いたのだ。

総合グラウンドの工事に加わるべく根回しをし、金も使った業者が、仕事からはずされ倒産したために、仕事をやる、と約束していた小野を告訴したのだ。

今度は、小野陣営が泡を食った。
へたに話し合いで決着をつければ、疑惑は永遠に残ってしまう。
だからといって、裁判にもつれ込めば大変なダメージを受けることになる。
小野陣営では、何とか告訴を取り下げさせ、あれは間違いだった、と業者に言わせよう
と圧力をかけたが、倒産して失うもののなくなった業者は強気だった。
圧力がかかるたびに、暴露する戦法で対抗したのだ。
「神風《かみかぜ》が吹いて来ましたよ、先生」
池中は東京に電話を掛けてきて、そう言った。
怪文書でショックを受け、落ち込んでいた当時とは別人のように、池中は元気がよかっ
た。
「長岡も小野も、証拠を突きつけられて、立ち往生《おうじょう》しています。そこへ行くと、先生の
スキャンダルは、証拠がありませんからね。根も葉もない捏造《ねつぞう》されたスキャンダルですか
ら。致命傷にはなりませんよ。今でも、長岡派や小野派の連中は、未成年の少女とやった
助平議員だ、なんて言っていますがね、こっちは、証拠を出せ、と怒鳴りつけてやってい
ますよ。そうすると、シュンですよ、敵は」
池中は威勢がよかった。
「先生、今です。今、長岡や小野を叩いて、一気に優位に立ちましょう」

「よし。そうしよう」

鳥原はうなずいた。

行く手に明かりが見えて来たのを鳥原は感じた。

「後援会総会を開いてくれ。復活の後援会総会だ」

鳥原は叫んだ。

「先生がそうおっしゃるのを待っていましたよ。それでは、これから、ただちに準備にとりかかります。金のほうはしっかりと出してくださいよ」

「分かっとる。金の心配はするな」

鳥原は政界入りして覚えた長州《ちょうしゅう》ナマリで自信たっぷりに答えた。

「それから、チエミちゃんたちとのルート、まだ、生きているでしょうね」

池中は声をひそめて言った。

「生きとるよ」

鳥原は答えた。

「ああ、よかった。先生が怪文書スキャンダルのときに手を切ってしまったのではないか、と心配していましたよ。それじゃ、今度、上京したときには、ニャンニャンが出来るのですね」

「そりゃあ、出来る。しかし、君も、懲《こ》りないヤツだな」

鳥原はあきれながら言った。

「へへ……」

池中は笑ってごまかした。

桑野県議が入れ替わりに電話をして来た。

「先生、長岡派と小野派の県議が合計七名、鳥原派に来たい、と言って来ましたが」

桑野はそう言う。

「よし、引き受けよう。今度、帰ったときに、その人たちに会うことにしよう。桑野さん、面倒でも、席のほうの用意を頼みます。金は少々かかっても構いません」

鳥原は明るい声で答えた。

政界は、スキャンダルの中から這い上がった野望人間だけが生き残るところなんだ。

そう思う。

五百万円を静代に渡し、サバイバル戦線に生き残ったおれのやり方は間違ってはいなかったのだ。

鳥原は桑野の電話を切りながら、そう思った。

（本書は、平成五年三月に刊行した作品を、
大きな文字に組み直した「新装版」です）

野望代議士

一〇〇字書評

切り取り線

購買動機（新聞、雑誌名を記入するか、あるいは○をつけてください）	
□（　　　　　　　　　　　　　）の広告を見て	
□（　　　　　　　　　　　　　）の書評を見て	
□ 知人のすすめで	□ タイトルに惹かれて
□ カバーが良かったから	□ 内容が面白そうだから
□ 好きな作家だから	□ 好きな分野の本だから

・最近、最も感銘を受けた作品名をお書き下さい

・あなたのお好きな作家名をお書き下さい

・その他、ご要望がありましたらお書き下さい

住所	〒				
氏名		職業		年齢	
Eメール	※携帯には配信できません	新刊情報等のメール配信を 希望する・しない			

この本の感想を、編集部までお寄せいただけたらありがたく存じます。今後の企画の参考にさせていただきます。Eメールでも結構です。

いただいた「一〇〇字書評」は、新聞・雑誌等に紹介させていただくことがあります。その場合はお礼として特製図書カードを差し上げます。

前ページの原稿用紙に書評をお書きの上、切り取り、左記までお送り下さい。宛先の住所は不要です。

なお、ご記入いただいたお名前、ご住所等は、書評紹介の事前了解、謝礼のお届けのためだけに利用し、そのほかの目的のために利用することはありません。

〒一〇一-八七〇一
祥伝社文庫編集長　坂口芳和
電話　〇三（三二六五）二〇八〇

祥伝社ホームページの「ブックレビュー」からも、書き込めます。
http://www.shodensha.co.jp/bookreview/

祥伝社文庫

野望代議士《やぼうだいぎし》　新装版

平成26年 4 月20日　初版第 1 刷発行

著　者　豊田行二《とよだこうじ》
発行者　竹内和芳
発行所　祥伝社《しょうでんしゃ》
東京都千代田区神田神保町 3-3
〒101-8701
電話　03（3265）2081（販売部）
電話　03（3265）2080（編集部）
電話　03（3265）3622（業務部）
http://www.shodensha.co.jp/

印刷所　堀内印刷
製本所　積信堂
カバーフォーマットデザイン　芥 陽子

Printed in Japan ©2014, Kayoko Watanabe ISBN978-4-396-34034-6 C0193

祥伝社文庫の好評既刊

豊田行二　野望街道　新装版

社長秘書、ライバルからの女スパイ、専務の女、常務の娘……すべてを喰らいつくして出世の道を突き進む！

豊田行二　野望街道　奔放編　新装版

この道を突き進め——教え子、美人講師、教授秘書……女を利用し、狙うは学長の座！

豊田行二　野望新幹線　新装版

サラリーマン・大原の夢は〝金も女も自在のままに〟！　画期的商品と口説きの術で取引先美女を攻略せよ！

豊田行二　第一秘書の野望　新装版

総理への道を目指す、政治家秘書・戸原清一。女秘書、政治家の娘、敵のスキャンダル、何でも利用し、のし上がる！

阿木慎太郎　闇の警視

広域暴力団・日本和平会潰滅を企図する警視庁は、ヤクザ以上に獰猛《どうもう》な男・元警視の岡崎に目をつけた。

阿木慎太郎　闇の警視　縄張《シマ》戦争編

「殲滅目標は西日本有数の歓楽街の暴力組織。手段は選ばない」闇の警視・岡崎に再び特命が下った。

祥伝社文庫の好評既刊

安達　瑶
消された過去　悪漢刑事《わるデカ》
過去に接点が？　人気絶頂の若きカリスマ代議士vs悪漢刑事佐脇の仁義なき戦いが始まった！

安達　瑶
隠蔽の代償　悪漢刑事《わるデカ》
地元大企業の元社長秘書室長が殺された。そこから暴かれる偽装工作、恫喝、責任転嫁…。小賢しい悪に鉄槌を！

安達　瑶
黒い天使　悪漢刑事《わるデカ》
美しき疑惑の看護師――。病院で連続殺人事件⁉　その裏に潜む闇とは……。医療の盲点に巣食う〝悪〟を暴く！

安達　瑶
闇の流儀　悪漢刑事《わるデカ》
狙われた黒い絆――。盟友のヤクザと共に窮地に陥った佐脇。警察と暴力団、相容れてはならない二人の行方は⁉

安達　瑶
正義死すべし　悪漢刑事《わるデカ》
嵌められたワルデカ！　県警幹部、元判事が必死に隠す司法の〝闇〟とは？　別件逮捕された佐脇が立ち向かう！

安達　瑶
殺しの口づけ　悪漢刑事《わるデカ》
不審な焼死、自殺、交通事故死……。不可解な事件に繋がる謎の美女、ワルデカ佐脇の封印された過去とは⁉